Das einzig Wichtige im Leben sind die
Spuren
von Liebe, die wir hinterlassen,
wenn wir Abschied nehmen.

---- Albert Schweizer-----

Hallo liebe Leseratte...

Mein Name ist Bianca Pferrer und ich bin zarte 37 Jahre jung.

Ich bin gebürtige Badnerin. Geboren 1980 in Karlsruhe, aufgewachsen in Karlsruhe, wohnhaft in Karlsruhe.

Mit 12 Jahren lernte ich meine große Liebe Markus kennen. Mit 18 Jahren lernten wir uns Lieben, und im Jahr 2000 kam unser Sohn Justin zur Welt.

Hallo Alex...!! ist mein Erstlingswerk.

Weitere Bücher von mir, findet ihr unter dem Titel:

Kalea und Keahi
Wiedergeboren im Zeitalter des Mondzirkel

Hallo Alex...!!

Biografische Information der Deutschen Nationalbibliothek:
Die Deutsche Nationalbibliothek verzeichnet diese Publikation
in der Deutschen Nationalbibliografie. Detaillierte
Bibliografische Daten sind im Internet über dnb.dnb.de
abrufbar.

TWENTYSIX- der Self-Publishing-Verlag
Eine Kooperation zwischen der Verlagsgruppe Random House
und BoD - Books on Demand

©2017 Bianca Pferrer

Herstellung und Verlag
BoD – Books on Demand, Norderstedt

ISBN: 9783740743185

Ich widme dieses Buch, dem Schauspieler
Lucas Daniel Till
Dessen Person mich zu der männlichen Hauptfigur
inspirierte

Kapitel 1

Ich stehe vor dem Spiegel und schaue in ein Gesicht das meins
sein soll. Doch diese Frau bin ich nicht. Diese Frau im Spiegel
hat strähnige Haare, blasse Haut und tiefe Augenringe.
Ich seufze, und fange an mir die Zähne zu putzen.
2 Wochen, auf den Tag genau, ist es her, 14 tage seit ich mich
hier in unserem neuen Haus verschanzt habe,
2 Wochen seit du nicht mehr da bist, nicht mehr neben mir
schläfst, ich deine Stimme nicht mehr höre, dein Lächeln nicht
mehr sehe, deine Berührung ich nicht mehr spüre...
Nein, ich spüre sie immer noch, schwach, aber ich spüre sie...
Haltet mich für verrückt, aber ich habe manchmal das Gefühl
als würde mich Alex noch berühren, als würde er noch da sein
und auf mich aufpassen, so wie er es immer getan hat. Doch
das ist er nicht mehr, seit 2 Wochen, seit diesem Unfall,
seit dieser LKW von der Spur abkam und ihn im Auto
zerquetschte.
Wir kannten uns seit der Schule, waren Nachbarn, spielten als
Kinder im Garten, gingen zusammen auf Partys, passten auf
einander auf. Im letzten Highscooljahr, kurz vor dem
Abschluss, hat er mir dann gesagt das er in mich verliebt ist,
und ich war hin und weg. Ich konnte es nicht fassen,
Alex Baker, der Star der Highscool, mein bester Freund seit
meiner Kindheit, will mein fester Freund sein. Seither waren
wir unzertrennlich.
8 Jahre später machte er mir einen Antrag. Vor 6 Wochen haben
wir geheiratet. Vor 4 Wochen zogen wir in das Haus ein, das
Alex`s Eltern uns zur Hochzeit geschenkt hatten.
Vor 3 Wochen stritten wir uns noch über die hässlichen
Vorhänge, wie Alex sie nannte; ich muss schmunzeln bei dem
Gedanken daran, wie er das Wort Hässlich aussprach,

leise aber doch ernst mit quitschiger Stimme, und der Gesichtsausdruck...

Jetzt stehe ich Savannah Baker, 26 Jahre, Witwe, verzweifelt, alleine, voll Kummer und Trauer vor diesen hässlichen Vorhängen und habe beschlossen die Kartons die ich vor 4 Wochen angefangen habe auszupacken, wieder einzuräumen. Ich kann nicht in diesem Haus bleiben, nicht in dieser Stadt, in der Stadt in der wir zusammen aufgewachsen sind, in der Stadt in der wir leben wollten mit unseren Kindern die wir geplant hatten. Ich hatte 2 Wochen Zeit darüber nachzudenken und ich hatte mich entschieden. Ich werde nach Atlanta gehen. Ich werde dort in der hiesigen Juniorhigh unterrichten. Ich habe immer gerne unterrichtet, bis vor 2 Wochen, bis sich mein Leben für immer ändern sollte.

Ich stehe wieder vor diesen hässlichen Vorhängen doch diesmal hängen sie nicht in unserem Haus, sondern in dem kleinen Apartment in Atlanta, das ich mir gemietet habe, voll möbliert, somit musste ich keine Möbel mitnehmen , was mir den Umzug erleichterte. Meine Kartons stehen ordentlich aufgereiht an der Wand im Wohnzimmer, ich setzte mich auf den Boden und trinke Wein aus einem Plastikbecher, weil ich nicht weiß in welchem Karton die Gläser sind, ich habe bisher nur diese Vorhänge gefunden. Warum ich sie mitgenommen habe? Nennt mich sentimental, aber sie erinnern mich an Alex. Eigentlich ist es Zeit schlafen zu gehen. Morgen soll ich mich in der Juniorhigh melden, gleich morgens um 7 Uhr, doch ich kann nicht schlafen. Zuviel Gedanken schwirren mir im Kopf herum, bin ich schon so weit? War es richtig alles hinter mir zu lassen? Was hätte Alex gemacht an meiner Stelle? Ich habe am Tag meiner Abreise die Schlüssel für das Haus Cybill, Alex`s

Mom, in den Briefkasten geworfen weil ich sie eigentlich nicht sehen wollte, doch wie als wüsste sie es, stand sie auf einmal vor mir, umarmte mich und wünschte mir viel Glück und sagte dass das Haus immer mir gehören würde. Doch will ich das Haus überhaupt behalten? Naja das würde mir die Option offen halten, zurück zu kommen, wenn ich das will. Und genau das ist Cybill`s Plan.

Ich sitze im Auto vor der Juniorhigh und beobachte die Eltern wie sie ihre Kinder zur Schule bringen, die Kinder die ich zum Teil unterrichten soll, die Kinder die mich von meinem Kummer ablenken sollen. Ich sollte mich auch auf den Weg hinein machen, schließlich soll ich mich vorher noch im Sekretariat melden.

Ich weiß noch als ich Alex das erste mal sah, wir waren gerade nach Texas gezogen und meine Mutter meldete mich im Sekretariat an. Alex saß im Warteraum mit einer geplatzten, blutigen Lippe, auf seine Eltern. Ich sah ihn erschrocken an und er lächelte stolz: „du solltest mal den anderen sehen !"

Der Rektor Mr Porter erklärte mir kurz den Tagesablauf der Lehrer und wies mich meiner Klasse zu. Die Kinder waren sehr freundlich und haben mich herzlich aufgenommen. Es ist bereits Mittag und ich sollte die Pause nutzen um etwas zu essen und die anderen Lehrer kennen zu lernen. Also begebe ich mich in den Pausenraum für Lehrer.

Ich fühle mich wie damals als ich das erste mal in der neuen Schule in Texas war.

Im großen Pausenraum, alle starrten mich an und tuschelten, ich fühlte mich hundeelend als ich mir mit meinem Tablett ein Sitzplatz suchte. Alex winkte mir zu, seine Lippe sah nicht mehr ganz so schlimm aus,

„setz dich doch zu mir hier ist noch Platz."

Sofort fühlte ich mich besser.

„Ich kenne dich, du bist das Mädchen das gestern neben uns einzog? Ich heiße Alex Baker."

„Ich bin Savannah Benneth, wie geht's deiner Lippe?"

„Naja solang ich nicht esse, trinke oder spreche sollte es gehen."

Das war denke ich der Beginn unserer Freundschaft.

Doch ich bin keine 10 mehr, und Alex ist nicht hier.

Tief Luft holen Savannah. Ich öffne die Tür zum Pausenraum und gehe hinein. 5 oder 6 Lehrer befinden sich dort, hören auf zu essen und starren mich an.

Na toll, fehlt nur noch das sie tuscheln.

„Hi ich bin Savannah Baker, die neue Kunstlehrerin," sage ich.

Nach und nach kommen sie auf mich zu und stellen sich vor.

Da war Tom Greene, der Sportlehrer, Denise Miller, Mathe und Englisch, Rebecca Holden, Geschichte, Riley Thompson, spanisch, Lucas Daniels, Deutsch und eine sehr arrogante Libby Masterson, Sport Mädchen.

Man sollte ja nicht an ersten Tag über seine Kollegen urteilen, aber diese Libby hatte diesen abfälligen, musternden Blick als sie sich vorstellte. Vielleicht bilde ich mir das ja nur ein.

Ich nehme mir einen Kaffee und setze mich neben Riley und esse mein Sandwich dazu.

„Sie scheint dich ja direkt zu mögen" sagt Riley.

„Wer?" antworte ich überrascht.

„Na Libby!" meint Riley.

„Echt?"

Ich schaue sie total erstaunt an.

„Ja immerhin gab sie dir die Hand, ich bekam nur ein knappes Ms. Masterson, Sport von ihr zu hören."

Ich starre Riley mit offenem Mund an, und sie muss laut los

lachen,
„wird schon schief gehen, halte dich an mich, wenn du was
brauchst."
„Danke," antworte ich erleichtert.
Riley bringt ihren Abfall zum Eimer und verabschiedet sich.
„Bis später dann Savannah."
„Bis später" gebe ich zurück. Ich bin erleichtert,
War doch gar nicht so schlimm,
denke ich und mustere die anderen Lehrer.
Es waren nicht mehr viele da.
Hinten in der Ecke sitzt Lucas der Deutschlehrer erst jetzt
bemerke ich wie attraktiv er aus schaut, groß, sportlich, blonde
Haare, blaue Augen. Ich ertappe mich wie ich ihn anstarre und
werde sofort rot. Das hat wohl auch Libby bemerkt, sie wirft
einen scharfen Blick in meine Richtung und geht auf Lucas zu.
Während sie seine Schultern massiert, starrt sie mich Zynisch
an, als wolle sie sagen -das ist meiner, Finger weg-.
Ist ja schon komisch wie die an ihm herumkrabbelt.
Jetzt hat auch Lucas bemerkt das ich ihn anstarre und lächelt in
meine Richtung. Peinlich berührt springe ich auf und renne
nach draußen. Auf dem Weg schmeiße ich fast den Mülleimer
um,
„Tschuligung!"
„Was für ein Trampel," höre ich Libby noch sagen bevor sich
die Tür schließt.
Oh Gott wie peinlich.
Mit knallrotem Kopf gehe ich zurück in meine Klasse und
hoffe das der Tag schnell vorbei geht.
Auf dem nach Hause weg hole ich mir noch etwas beim
Chinesen, den ich schon entdeckt habe als ich hier einzog.
Mit meiner Ente Süß-Sauer mache ich es mir auf meinem Sofa
bequem und entschloss mir zum 1000ten mal meinen

Lieblingsfilm anzuschauen. Dirty Dancing. Ich weiß nicht warum ich diesen Film so liebte, aber ich weiß noch wann ich ihn zum ersten mal anschaute,
ich war 13 und meine Eltern hatten Datenight, mir war langweilig und so beschloss ich die DVD-Sammlung meiner Mutter zu durchstöbern. Ich fand sofort das dies ein toller Film ist, ich wollte auch so tanzen lernen und zwang Alex mit mir auf dem Baumstamm hinterm Haus zu tanzen, genau so wie Johnny und Baby es getan haben. Er ließ sich alles gefallen, bis ich die Hebefigur testen wollte.
„Nein, niemals, nicht mit mir! Aber du kannst die Wassermelonen für mich tragen."
Er kugelte sich vor lachen.
Ich fand das gar nicht witzig, zumal ich auch nie verstanden habe was an dieser Szene so toll war. Warum hat Baby das gesagt? Was hatte sie dazu veranlasst? Selbst heute bei dieser Szene muss ich nur den Kopf schütteln.
Ach Alex du fehlst mir so

Heute ist Samstag, das erste Wochenende in der neuen Stadt, von Riley habe ich gehört das heute ein Tanzfest im Zentrum stattfindet und fast alle Lehrer dort sind. Sie meinte das wäre die Gelegenheit für mich mal alle etwas Privat kennen zu lernen.
„Lucas kommt übrigens auch," ließ sie beiläufig fallen und zwinkerte mir zu.
Mein peinlicher Auftritt im Pausenraum hat sich wohl herumgesprochen.
„Das ist ja interessant, aber warum sagst du mir das?" antworte ich mit hoher Stimme.
„Ich dachte das interessiert dich vielleicht. Dann kannst du dich etwas mit ihm unterhalten."

Ihr grinsen breitet sich über das ganze Gesicht aus.

„Hört sich ja nett an,"

„aber?" unterbricht sie mich,

„aber Libby hat bestimmt was dagegen wenn ich mich mit ihrem Freund nett unterhalte?"gebe ich fragend zurück.

„Libby? Ihrem Freund?"

Ihr Lachen hallte durch den ganzen Schulflur. Röte stieg wieder in mir auf.

„Das hätte sie wohl gerne?"sagte Riley nach dem sie vor lauter lachen endlich wieder zu Atem kam,

„sie hat ihn schon mehrmals gefragt ob er mit ihr ausgehen will, aber er verneint jedes mal. Anfänglich hatte er immer eine Ausrede, aber mittlerweile sagt er einfach nur Nein oder Gar nichts, also mach dir darüber keinen Kopf und komm mit, ich hole dich um 18 Uhr ab, Ok?"

Ich nickte und grinste vor mich hin.

Jetzt stehe ich vor dem Spiegel und weiß nicht was ich anziehen soll. Enttäuscht lasse ich mich aufs Bett fallen und frage mich ob ich das überhaupt darf. Darf ich mich nach nur knapp 3 Monaten nach dem mein Mann tödlich verunglückte, darauf freuen mich mit einem anderen Mann zu treffen?

Sollte ich ein schlechtes Gewissen Alex gegenüber haben?

Ich greife zum Telefon und rufe Riley an um ihr abzusagen. Lasse mir so was lahmes wie, ich hätte mir wohl den Magen verdorben einfallen, ziehe mir mein Pyjama an und schaue mir zum 1001. mal Dirty Dancing an. Es klingelt an der Tür.

Riley steht unten mit einer Plastikschüssel in der Hand.

Ich drücke den Türknopf.

„Hi, was für ein Zufall, als du angerufen hast, hatte ich gerade eine Hühnersuppe gekocht und da du jetzt krank bist, bring ich dir ein Teller vorbei," ruft sie beim hoch laufen, drückt sich an mir vorbei und wirft mir ein ungläubigen Blick zu. Heute trägt sie die Haare offen und ein kurzes Sommerkleid. Ich kenne sie so gar nicht, im Moment sieht sie aus wie eine rassige Spanierin. Dunkler Teint, schwarze, lockige Haare, dunkle Augen. In der Schule trägt sie die Haare meist streng nach hinten gebunden und schlichte Kleidung.

„Deinem Blick zumute nehme ich an, du magst keine Hühnersuppe?" sagt sie als sie in der Küche angekommen ist.

Ich hasse Hühnersuppe,

„um ehrlich zu sein, Riley, ich habe geflunkert," muss ich gestehen.

„Ja das dachte ich mir schon, ich weiß zwar nicht warum, aber ich denke du hast deine Gründe."

Aus ihrer Tasche kramt sie eine Flasche Prosecco heraus.

„Und falls du mir deine Gründe erläutern willst, habe ich uns was zu trinken mitgebracht."

Ich gehe zum Schrank, hole 2 Gläser heraus und laufe zum Sofa. Riley folgt mir.

Ich fange an zu erzählen, ich erzähle ihr von Alex, von seinem Unfall, von meiner Hochzeit, meinem Umzug und meinem Entschluss sie heute anzuflunkern.

„Wow das ist ja eine starke Hausnummer. Jetzt verstehe ich einiges und es tut mir leid das ich versucht habe dir Lucas schmackhaft zu machen," sagt sie als ich fertig bin.

„Das ist doch ok, du konntest das doch nicht wissen, und wenn ich nicht jedes mal rot anlaufen würde wenn ich ihn sehe, wärst du nie auf die Idee gekommen."

„Das ist wahr, aber ich finde so sehr wie du diesen Alex auch geliebt hast oder liebst, das Leben geht weiter und du hast eine 2. Chance verdient glücklich zu sein."

Sie hat recht, ich schenke mir noch etwas Prosecco ein und entschließe mich doch auf das Tanzfest mit zukommen, sehr zur Freude von Riley.

Auf dem Fest angekommen sind natürlich schon alle da, Riley begrüßt den einen und anderen und ich schaue mich um. Hinten in der Ecke entdecke ich ihn, Lucas, er hat sein Haar leicht zurück gegelt, trägt eine helle Hose und ein blaues Hemd. Lucas scheint sich zu amüsieren, denn er ist pausenlos am lachen. Er hat ein schönes Lachen, mit 2 kleinen Grübchen auf den Seiten.

2 Grübchen auf den Seiten? Seit wann achte ich den auf so was?

Gerade als ich auf ihn zu gehen wollte, sehe ich Libby mit 2 Bier in der Hand in seine Richtung laufen. Sie drückt ihm ein Bier in die Hand und setzt sich auf seinen Schoß. Lucas legt seine Hand um ihre Hüfte und sie ihren Arm um seine Schultern.

Soviel dazu das er sie abblitzen lässt.

Ich ertappe mich bei ein bisschen Eifersucht!

Er sieht mich, doch ohne von Libby abzuwenden, schaut er mir in die Augen und trinkt ein Schluck aus seiner Flasche. Libby sieht mich ebenfalls und als hätte Lucas` Reaktion nicht gereicht, küsst sie, mit Blick auf mich gerichtet, seinen Hals.

Riley steht hinter mir,

„tut mir leid, scheinbar hat sie ihn weich gekocht,"

versucht sie mich zu trösten.

„Schon gut, ich bin ja nicht wegen Lucas hier."

Eine Lüge

Die darauf folgende Nacht, ist die erste Nacht, seit Alex`s Beerdigung, wo ich mich in den Schlaf weine...

Kapitel 2

Ich weiß nicht was du an diesen Vorhängen so toll findest?
Alex? Bist du das?
Du hättest alles aus dem Haus mitnehmen können das dich an mich erinnert, aber du musstest ausgerechnet diese Vorhänge mitnehmen?!
Alex? Bist du das wirklich? Oh Alex, ich hab dich so vermisst?
Sind das Vögel auf den Vorhängen?
Es sind Flamingo´s Alex..
Ja Vögel sag ich doch, Flamingo´s sind hässliche Vögel!
Sind sie nicht, Alex, sie sind wunderschön.
Sie sind Pink, und ich hasse Pink, also sind sie hässlich.
Alex bist du etwa hier um mit mir über die Vorhänge zu streiten?
Ich stehe direkt hinter Alex doch ich habe das Gefühl als wäre er meilenweit von mir entfernt...
Alex sieh mich an! Ich strecke die Hand nach ihm aus. Alex?
Er sieht mich an, sein Blick ist leer und traurig, er lächelt.
Wie ich das lächeln vermisst habe.
Ich muss gehen, Savannah, ich habe noch einen wichtigen Termin.
NEIN, NICHT GEHEN...
Wenn ich wieder komme, dann bring ich dir Ente Süß-Sauer mit und wir schauen uns einen Film an, Ok?
NEIN, es ist nicht ok, du darfst jetzt nicht fahren, denn du wirst nicht wieder kommen. Bis später, ich liebe dich, Savannah !
NEIN ALEX, NICHT GEHEN, BLEIB BITTE, NICHT GEHEN, ALEX, ALEX, ALEX
ALEX...
Ich sitze auf dem Bett und weine.

Jetzt bin ich wach, dann kann ich auch gleich joggen gehen, dann bekomme ich auch gleich den Kopf frei. Es war nur ein Traum, aber er war so echt, das ich immer noch Gänsehaut habe.

Die Dusche tut mir gut, ich lasse das Wasser über meinen Kopf laufen und halte etwas inne. 8 Km habe ich geschafft, das ist wenig. Damals als ich noch mit Alex joggen ging haben wir locker das doppelte geschafft.
Jetzt habe ich Hunger, also beschließe ich etwas frühstücken zu gehen. Im Ort gibt es ein kleines Café das sehr nett ausschaut, dort werde ich etwas zu essen finden.
Beim hinaus laufen schaue ich kurz zu den Vorhängen,
mit einem leisen Seufzer schließe ich die Tür.
Das Café ist wirklich sehr hübsch, ein bisschen auf 50er Jahre gemacht, aber trotzdem gemütlich. Ich mag solche Cafés, irgendwie fühle ich mich dann wie auf einer Zeitreise.
Ich bestelle mir ein doppelten Mokka-Latte und einen Bananenmuffin. Während ich an meinem Muffin herum knabbere und auf meinen Mokka-Latte warte, bemerke ich das jemand hinter mir steht.
„Guten Morgen Savannah, wie geht es dir heute? Du warst gestern ja so schnell wieder weg."
Ein kalter Schauer läuft mir den Rücken runter. Ich drehe mich um,
„Lucas, Guten Morgen, du auch hier? Was für eine Überraschung."
„Ja ich bin jeden Sonntag hier frühstücken, ich liebe dieses Café, erinnert mich irgendwie an eine Zeitreise." sagt er euphorisch.
mmh, Zeitreise, ja.
„Schade das du gestern so schnell weg warst, ich hätte mich

gerne mit dir unterhalten."

„So, wirklich? Ich hatte den Eindruck du warst mit Libby genug beschäftigt, und von daher wollte ich euch natürlich nicht stören," winke ich ihm mit der Hand das Wort ab.

„Ja, ich kann dir das erklären," versucht er sich rechtfertigen.

„Nein du musst mir nichts erklären, ihr seit doch beide erwachsen und das geht mich sowieso nichts an."

Ich nehme meinen Latte und setze mich an einen freien Tisch.

„Weißt du," Lucas folgt mir und setzt sich gegenüber, „wir haben da so ein Ding!"

so ein Ding, aha,

„sie spendiert mir das erste Bier am Abend und dafür darf sie.."

„An dir rum Lecken!" unterbreche ich ihn. Er grinst mich an.

„Nein nicht so direkt, eher einmal meine Hand halten oder so."

Er sieht mich von unten nach oben an wie ein eingeschüchterter Welpe und es sieht so aus als ob er auf eine Reaktion von mir wartet. Ich schaue ihm direkt in die Augen und sage gar nichts, was ihn scheinbar etwas nervös macht, er fängt an mit seinem Kaffeebecher zu spielen.

„Also du prostituierst dich für eine Flasche Bier?" unterbreche ich das Schweigen,

„ prostituieren würde ich das jetzt nicht nennen, ich schlafe ja nicht mit ihr," protestiert er.

„Na dann warten wir mal bis sie dir ein Abend essen spendieren wird. Dann wird auch gleich ein Frühstück daraus," ich lache laut auf,

„ich werde es ja dann sehen wenn ihr beide hier frühstücken seit."

Er setzt sich nach hinten und lehnt sich an der Rückbank an.

Wieder dieser Welpe-Blick.

Genüsslich beiße ich in meinen Muffin.

1:0 für Mich

Es ist ein sonniger Tag heute auf dem nach Hause Weg
überlege ich mir was ich heute noch so anstellen könnte.
Ich könnte mir ein Picknickkorb richten und mir ein schönes
Fleckchen im Park suchen,
Alex hat immer gerne mit mir gepicknickt, wir legten uns dann
immer auf die Decke und beobachteten den Himmel, war er
bewölkt, haben wir immer die seltsamsten Figuren in den
Wolken erkennen können. Bei unserem letzten gemeinsamen
Picknick, ich hatte mir gerade eine Gabel Nudelsalat in den
Mund gesteckt, kniete er sich vor mich, und streckte mir einen
Verlobungsring vor die Nase. Vor lauter Aufregung wäre ich
fast an einer Nudel erstickt.
Picknick fällt also aus
Ich rufe Riley an und wir beschließen uns zum Essen zu
treffen. Ich erzähle ihr bei einem großen griechischen Salat und
einem Pfirsicheistee von meiner interessanten Unterhaltung
beim Frühstück.
„So ein Ding? Aha interessant. Das erklärt natürlich warum sie
ihn immer auf ein Bier einladen will."
erklärt Riley.
„Also ich verstehe ja warum sie nicht locker lässt," sage ich,
„er ist wirklich sehr attraktiv, mit seinem Grübchen am Kinn,
und dem kleinen Muttermal am Hals, aber warum lässt er sich
auf solche Spielchen ein wie mal meine Hand halten, oder so?"
„Grübchen am Kinn? Muttermal am Hals? Also das Grübchen
ist mir ja schon aufgefallen, aber er hat ein Muttermal am
Hals?" sie sieht mich fragend an,
„ja auf der rechten Seite unterhalb des..."
oh oh,
mir wird gerade bewusst was ich da von mir gebe.
Riley grinst mich an,
„ ja schon gut, mir ist das eben aufgefallen. Heute morgen als

er so reuig vor mir saß und mich mit diesem mitleidigen
Hundeblick anschaute," meine ich mit rotem Kopf.
Sie schüttelt den Kopf und stochert in ihrem Salat.
Mir wird ganz heiß, das war peinlich.
*Ich bin schon wieder rot angelaufen hoffentlich sieht Riley das
nicht.*

Abends sind wir im Kino verabredet, ich bin viel zu früh also
gehe ich schon rein um mir das Kino etwas genauer
anzuschauen. Keine zwei Schritte befand ich mich im inneren,
habe ich ihn schon gesehen, oben am Geländer angelehnt,
mit dem Rücken zu mir. Er scheint nicht alleine zu sein, denn
er unterhält sich mit jemandem. Scheint ein Mann zu sein.
Wartet , jetzt erkenne ich ihn, es ist Tom Greene, der
Sportlehrer.
Ich denke in diesem Fall kann ich ja mal kurz Hallo sagen. Ich
laufe die Treppen zum ersten Stock hinauf. Das hätte ich lieber
bleiben lassen. Auf halben Weg erkenne ich ihre Stimme,
Libby.
*Gibt es in dieser Stadt nur ein einziges Kino, das nur Sonntags
geöffnet hat, sodass wir uns hier alle treffen?*
Ich schleiche mich nach oben, schnell an allen vorbei und
verstecke mich hinter einem Pappaufsteller.
Sehr gut, sie haben mich nicht bemerkt.
Von hier habe ich einen guten Blick auf alles, auf den Eingang,
falls Riley kommt, auf Lucas und Tom, und natürlich auf
Libby. Sie sieht heute ganz hübsch aus.
Wenn man auf so ein Typ steht.
Sie trägt eine sehr kurze Hose und ein hautenges weises Top,
ihre roten langen Haare fallen ihr ständig ins Gesicht sodass sie
sie immer wieder zurecht rückt. Lucas steht immer noch am
Geländer gelehnt, nur diesmal mit Blick nach unten,

zum Glück stehe ich bereits oben versteckt.
Scheinbar erwarten sie noch jemanden, denn er signalisiert
Tom das er da ist. Nein Stop das sie da ist,
doch nicht etwa Riley? Nein das würde sie nicht tun,
ich linse hinter dem Pappaufsteller vor und warte auf die
Person die die Treppe herauf läuft. Es ist nicht Riley, aber ich
kenne sie auch nicht. Die rassige Blondine läuft auf Tom zu
und küsst ihn.
Ok sie scheint zu Tom gehören.
Tom und die Blondine verabschieden sich von Lucas und
Libby und gehen in einen Kinoraum.
Wo zum Teufel bleibt Riley?
Ich hole mein Handy heraus und schreibe ihr eine
Textnachricht
*= wo bleibst du, ich warte schon ne knappe halbe stunde?=
=ich stehe im Stau, sollte gleich da sein= =beeil dich bitte,
Lucas ist auch hier mit Libby= =mit Libby? Haben die ein
Date oder so?=*
ein Date?
Darauf wäre ich gar nicht gekommen, ich beobachte, fühle
mich sicher so hinterm Pappaufsteller versteckt.
Libby hat sich eine Portion Popcorn gekauft und steht neben
Lucas am Tresen der sich auch gerade etwas bestellt.
Sieht nach einem Date aus ,verdammt.
Sie zeigt auf zwei freie Plätze und sagt irgendetwas, Lucas
nickt, Libby hängt sich bei ihm ein und sie gehen zu dem freien
Sitzen.
Jubb eindeutig ein Date.
Sie krabbelt wieder an ihn herum, doch diesmal sieht es so aus
als wolle er es nicht.
Doch kein Date?
Ich schaue auf die Uhr, Riley ist bereits seit 40 Minuten zu

spät, der Film fängt gleich an und es sieht so aus als wolle
Lucas und Libby ebenfalls in den gleichen Film.
„Sag mal verfolgst du mich etwa?"
Vor Schreck fällt mir mein Handy aus der Hand,
„Lucas, hi, nein, ich warte hier auf Riley, wir wollen ins Kino
gehen. Und außerdem wieso sollte ich dich verfolgen?"
Er hebt mein Handy auf und streckt es mir hin,
„na ja gestern auf der Tanzfeier, heute morgen im Café, und
jetzt hier im Kino."
„Du bildest dir da was ein, und außerdem bist du doch in bester
Gesellschaft, wie ich sehe. Hat sie dir heute wieder ein Bier
spendiert? Oder lieber ein Abendessen? Oder was muss man
dir spendieren damit du mit jemanden ins Kino gehst?"
necke ich ihn.
„Kommt darauf an," antwortet er und macht mich neugierig,
„auf was?" frage ich,
„will der jemand nur mit mir ins Kino aus Lust und
Langeweile, dann reicht eine Tüte Popcorn, will der jemand
mit mir ein Date im Kino, dann.."
„Lucas da bist du ja, oh Hi Savannah du bist auch hier? Ganz
alleine?" unterbricht ihn Libby,
„hi Libby, nein ich warte auf Riley," sage ich genervt.
„Ah ja ok, gut, komm wir sollten rein gehen, Lucas, der Film
fängt an."
Sie laufen beide in Richtung Kinosaal,
„Lucas.." rufe ich ihm nach, er dreht sich um,
„dann was?" frage ich, er lächelt, zwinkert mir zu und läuft in
den Saal hinter Libby her.
Verdammt.
Riley hastet die Treppen rauf,
„Sorry viel zu spät, sollen wir noch rein gehen?" fragt sie
völlig außer Atem,

„nein schon ok, lass uns lieber was essen gehen." beschließe ich.

Kapitel 3

Am Morgen wache ich auf, ich muss heute erst zur 3. Stunde in der Schule sein, was ich Montags ganz praktisch finde, denn wenn meine Sonntag Abende mit Riley immer so enden?!
Wir gingen noch in eine Bar und nach dem ich ihr von meinem peinlichen Auftritt im Kino erzählt hatte, beschloss sie das wir auf das Single Dasein und auf meinen Neuanfang zu trinken.
„Auf uns, auf die ewige Suche nach Mr. Right, auf einen Neuanfang" prostete sie mir zu,
„und auf Lucas und seine Grübchen,"
kichernd trank sie ihr Glas auf Ex leer.
Und auf Alex, prost mein Schatz!

Mein Kopf dröhnt, soviel habe ich seit meiner Hochzeit nicht mehr getrunken.
Oh je wie soll ich diesen Tag bloß überstehen?
Ich fülle mir meinen Instantkaffee in einen To-Go Becher
Instantkaffee, ich brauche dringend eine Kaffeemaschine
und mache mich auf den Weg zur Schule.
Aspirin, ich bräuchte ein Aspirin.
Im Pausenraum treffe ich auf Riley, ihr scheint es genau so schlecht zu gehen wie mir,
„guten Morgen!"
„Gut? Wo soll der gut sein? Ich habe tierische Kopfschmerzen und muss gleich ein Spanischtest beaufsichtigen."
„Ja das war wohl der Rum, der war schlecht."
„Oh erinnere mich nicht daran, ich werde das Teufelszeug nie wieder anrühren."
Die Tür öffnet sich und Libby betritt den Raum,
„Hallo ihr zwei, ihr seht ja grauenhaft aus."
„Danke," kommt es synchron aus Riley`s und meinem Mund.

„Wolltet ihr nicht ebenfalls ins Kino gehen? Wir waren dort und haben Savannah gesehen!"

Das Wort -Wir- betonte sie extra deutlich, und schaute Riley an als warte sie auf eine Reaktion.

„Wir? Aha!" antwortet Riley,

„sorry Schätzchen aber ich habe heute zu starke Kopfschmerzen um mit dir zu diskutieren was der unterschied zwischen -Wir- sind als Freunde hier, und wir haben ein Date -Wir- ist."

Libby verdreht die Augen und wendet sich der Kaffeemaschine zu,

„ich weiß durchaus das ich gestern kein Date mit Lucas hatte, schließlich war er nur da weil er wusste das du und Riley ins Kino gehen wolltet."

„wie bitte?" Riley und ich schauen uns ungläubig an.

„Woher wusste er denn das?"

„Keine Ahnung, aber ich hörte Tom und Lucas darüber reden, als ich sie im Kino traf." erzählte sie uns.

Heißt das etwa er war wegen mir im Kino? Wollte er sich etwa an uns hängen, so wie Libby es einfach bei ihm gemacht hat?

Riley und ich starren sie ungläubig an als es zur Stunde klingelt.

„Ich muss los eine Klasse zur Verzweiflung treiben, Libby das musst du mir noch mal genauer erzählen, Savannah hier ein Aspirin, bis später meine lieben."

Ich löse das Aspirin in einem Glas Wasser auf und trinke es grinsend aus. Ich denke ich lasse die Klasse heute still vor sich hin zeichnen.

Völlig nervös öffne ich die Tür zum Lehrerraum, es ist Mittag und ich bemerke das ich heute morgen mein Sandwich auf dem Küchentisch vergessen hatte. Lucas steht an der Microwelle

und wärmt sich irgendetwas auf das grauenhaft riecht.
Das stinkt wie Käsefüße auf altem Toast.
„Ja ich weiß, das ist Thunfischauflauf von meiner Mutter, der schmeckt besser als er riecht."
Er hat wohl bemerkt das ich es unangenehm empfinde.
„Wie war der Film gestern?" eröffne ich das Gespräch.
Er setzt sich mit seinem stinkenden Auflauf zu mir an den Tisch,
„gut, wolltest du mit Riley nicht auch in diesen Film?"
„Ja aber sie kam eine Stunde zu spät, dann gingen wir lieber was trinken. Du und Libby hattet also kein Date, warum wart ihr dann zusammen im Kino?"
Warum frage ich das?
Er isst eine Gabel voll Auflauf und grinst mich dabei an,
„warum willst du das wissen?"
„Reine Neugierde" grinse ich zurück.
„Neugierde, aha, oder Eifersucht ?"
Eifersucht? Sieht man das ?
„Nein definitiv keine Eifersucht. Warum sollte ich Eifersüchtig sein?" versuche ich mich heraus zu reden.
Er grinst immer noch und lässt sich nach hinten fallen.
Da ist er wieder, der Hundeblick!
Es klopft an der Tür,
„Mr. Daniels darf ich sie mal kurz etwas zur Projektarbeit fragen?"
„Ich komme gleich Julie."
Gott sei dank meine Rettung, Julie ich könnte dich küssen.
„Bis später Savannah."
Bis später Savannah, wie er das aussprach , fast flüsternd, und ein Hauch Erotik in der Stimme,
ein Hauch Erotik? Gott Savannah geh mal kalt duschen.
Ich esse eine Gabel von seinem Auflauf.

Igitt der schmeckt so wie er riecht.
Dann werde ich lieber nichts essen heute Mittag.

Zuhause höre ich meinen Anrufbeantworter ab, eine Nachricht
von meiner Mutter, sie will nur wissen ob es mir gut geht in der
neuen Stadt.
Ja Mom mir geht es gut.
Die 2. Nachricht ist von Cybill, Alex`s Mom,

*Hallo Schätzchen, wie geht es dir? Ich ruf nur an weil doch in
ein paar Wochen Alex`s Geburtstag gewesen wäre, und ich
dachte vielleicht könnest du dir frei nehmen und nach Hause
kommen? Wir würden gerne die ganze Familie zusammen
bringen. Zu einem Essen oder was auch immer, ich hätte dich
gerne hier bei mir an diesem Tag, bitte melde dich und komm.
Wir vermissen Dich. Machs Gut**

Alex`s Geburtstag. Ja natürlich, ich hab schon überlegt wie ich
diesen Tag überstehen soll, und jetzt soll ich nach Texas fliegen
und den Tag mit allen Freunden und Verwandten verbringen
die mich an Alex erinnern? Ich weiß nicht ob ich das verkrafte.
Ich gehe zum Wandschrank, ganz oben im Regal hole ich den
Karton herunter. Darin habe ich all die Sachen von Alex
aufbewahrt. Die Briefe, die Fotos, das Hochzeitsalbum, und
auch ein kleines Geschenk mit einer dicken roten Schleife
darauf. Sein Geburtstagsgeschenk. Ich hatte es schon Monate
vor seinem Unfall im Schrank versteckt. Vielleicht sollte ich
nach Hause fliegen, Vielleicht sollte ich es Cybill schenken,
als Erinnerung. Sie wird es bestimmt neben seinem Bild legen,
neben seinem Bild und der Kerze, erinnert mich irgendwie an
eine Art Schrein wenn ich es sehe. Vielleicht wird sie ihn aber
auch benutzen, als andenken an Alex. Ich wollte ihm einen

Goldenen Füllfederhalter schenken. Mit persönlicher Widmung
Für die 2. Hälfe in meinem Leben, ich Liebe dich,
deine Savannah
Gerade wird mir wieder klar, das die 2. Hälfte von mir nicht
mehr da ist. Ich wische mir die Tränen aus dem Gesicht.
Ich schaffe das nicht alleine. Ich kann da nicht alleine hin
gehen, ich brauche eine moralische Unterstützung, eine
neutrale Person, eine Person die nicht bei jeder Geschichte über
Alex gleich in Tränen ausbrechen wird. Ich werde Riley bitten
mitzukommen.

Wir landen pünktlich in Texas, als wir auf unser Gepäck
warten, werde ich sichtlich immer nervöser.
„Keine Panik Savannah, wir stehen das gemeinsam durch."
„Danke, aber es ist nicht so leicht für mich, ich bin nach
Atlanta gezogen weil ich das alles hinter mir lassen wollte, und
jetzt muss ich mich mit seinen Freunden und Verwandten an
einen Tisch setzten als würden alle warten bis er zur
Überraschungsparty auftaucht."
Unsere Koffer kommen an. Draußen erwartet Cybill uns, sie
strahlt als sie mich sieht.
„Vanny schön dich zu sehen, gut schaust du aus. Deine Mutter
wartet zu Hause auf uns."
„Hallo Bille, das ist Riley, eine Kollegin und Freundin von mir,
sie ist zur moralischen Unterstützung mitgekommen."
„Hallo Riley schön dich kennen zu lernen."
„Danke gleichfalls Mrs. Baker."
Wir schweigen auf der Fahrt.
Ich steige aus dem Auto aus und halte ein Moment inne,
6 Monate ist bereits her seit ich hier das letzte mal stand und
Cybill meinen Schlüssel in den Briefkasten warf, schon wieder
6 Monate her seit ich nach Atlanta gezogen bin.

Ich ging damals in den Sommerferien weg, somit hatte ich genug zeit alles zu organisieren. Ein Apartment zu mieten meine Kartons nachschicken lassen, mich umzumelden.
Aber trotz alldem klappte nicht alles nach plan und ich musste fast 2 Monate mit den Sachen aus meinem Koffer leben die ich mir einpackte und im Flieger mitnahm.
„Komm Vanni, deine Mutter ist bestimmt schon ganz aufgeregt."
Wir nehmen unser Gepäck und machen uns auf den Weg nach drinnen. Es duftet nach frischgebackenem Kuchen, und nach Schmorbraten.
Schokozimt-kuchen und Schmorbraten mit Süsskartoffeln, was auch sonst Alex`s Lieblingsgerichte.
Meine Mutter steht in der Küche und dekorierte den Kuchen.
„Vanni, Engelchen, man bist du dünn geworden, gibt es in Atlanta nichts zu essen?"
„Hallo Mom, schön dich zu sehen, und doch ich esse genug. Das ist Riley, ich hab dir von ihr erzählt."
„Ja Riley, hallo schön dich endlich persönlich kennenzulernen."
„Hallo Mrs. Benneth," antwortete Riley und warf mir einen Fragenden Blick zu.
„Ich habe euch das Gästezimmer her gerichtet, ich hoffe es ist dir recht. Später kommen noch die anderen, ach bevor ich es vergesse ich habe Sam dein Haus vermietet, es macht dir doch nichts aus, oder?"
Sie hat was getan? Sam wohnt in unserem Haus?
„Nein schon ok, ich sagte doch du kannst machen was du willst mit diesem Haus?"
Ich signalisiere Riley das wir nach oben gehen und sie folgt mir.
„Wer ist Sam?" will sie auf dem weg nach Oben wissen.

Samuel Fuller, Er war der beste Freund von Alex. Sie kannten sich schon seit dem Sandkasten, aber richtige Freunde wurden sie erst ungefähr zur gleichen Zeit als ich an die Schule kam, erinnert ihr euch noch an den Moment wo ich Alex das erste mal im Sekretariat sah? An das wo er mir sagte, als ich ihn anstarrte? Ja genau Sam war der andere. Alex hatte ihm die Nase gebrochen und er war zu diesem Zeitpunkt unserer ersten Begegnung gerade auf dem Weg ins Krankenhaus. Ich weiß bis heute nicht worum es bei diesem Streit ging, aber ich wunderte mich das sie danach beste Freunde wurden. Ist wohl so ein Männer Ding.

„Na das war doch gar nicht so schwer, oder?" unterbricht sie mein Schweigen,

„das war erst der Anfang Riley, das waren nur die Mütter und es war schwer für mich."

„Ja weiß ich doch, ich wollte nur was sagen weil die Stille echt gruselig war, also erzählst du mir wer Sam ist? Und warum du eigentlich nicht willst das er in deinem Haus wohnt?"

„Wie kommst du darauf das ich es nicht will?"

„Na du bekommst so eine komische Falte auf der Stirn wenn dir etwas unangenehm ist, du aber nicht willst das es jemand merkt."

Echt ist mir noch nie aufgefallen

„Ja genau so eine wie jetzt."

Riley lacht und packt ihre Sachen in die Kommode.

Wir bleiben nur Zwei Nächte aber sie hat gepackt als wollten wir eine Woche bleiben. Unten füllt sich langsam das Haus, *ich glaube mir wird schlecht.*

Riley und ich setzten uns an den gedeckten Tisch, es fällt mir schwer alle zu sehen, sie essen seinen Lieblingskuchen trinken Kaffee und erzählen sich Anekdoten aus dem Leben mit Alex.

„Auf Alex.."

„Auf Alex.." kam es nach jeder Geschichte.

Ich halte Rileys Hand und an ihrem Gesichtsausdruck erkenne ich das es wohl etwas zu fest ist.

Entschuldige.

Ich scheine an der Reihe zu sein denn alle starren mich an. Ich stehe auf,

„er war erst mein bester Freund, dann mein fester Freund, dann mein Ehemann und meine 2. Hälfte, jetzt ist er tot. Und das hier ist eine Farce. Er hasste seinen Geburtstag. Weil jedes mal irgendein Arsch irgendwann die Stimmung ruinierte, und es sich nicht mehr kippen lies. Er wollte lieber in ruhe feiern, ein Abendessen, Kino Besuch, und ein bisschen Sex."

Ich stürme aus dem Zimmer auf die Terrasse und fange an zu heulen. Sam kommt mir nachgelaufen und nimmt mich in den Arm.

„Tut mir leid, das wollte ich nicht sagen,"

„naja du hast ja recht, und dieses Jahr bist du wohl dieser Arsch..."

Sam konnte schon immer mit Worten umgehen.

Ich vergrabe mein Gesicht in seinen Hals und heule mir die Seele aus dem Leib.

Riley, Sam und ich sitzen in dem Baumhaus das wir als Kinder gebaut hatten, hinten im Garten, gleich neben dem Dirty Dancing Tanz Baumstamm, und sie versuchen mich etwas aufzuheitern.

„Denk an Lucas und seine Grübchen," scherzt Riley,

„Wer ist Lucas?"

Danke Riley, jetzt muss ich dem besten Freund meines verstorbenen Ehemannes erklären warum mich Lucas so fasziniert, dabei weiß ich das doch selber nicht so genau.

„Och das ist nur ein Kollege von uns, niemand besonderes, einfach nur ein Typ von der Arbeit."
Riley und Sam grinsen sich gegenseitig an,
„Och nur ein Typ von der Arbeit," neckt mich Sam,
„Vanny ich kenne dich lange genug um zu wissen dass das nicht einfach nur ein Typ ist, schließlich wirst du ganz nervös weil Riley seinen Namen genannt hat."
Er hat recht er kennt mich lange genug,
„ja du hast recht,Sam, aber es ist mir unangenehm mit dir darüber zu reden, weil du doch Alex`s Freund warst und ich seine Frau, außerdem habe ich ein schlechtes Gewissen Alex`s gegenüber."
„Wieso das denn? Sollst du jetzt ewig alleine bleiben? Ihr hattet eure schönen Tage und er wird immer einen Platz in deinem Herzen haben, ich bin mir sicher Alex würde das verstehen, und alle anderen haben da nichts mitzureden."
„Das habe ich ihr auch schon versucht klar zu machen."
Riley fuchtelt mit ihrer Hand herum als wolle sie versuchen zu fliegen.
„Ich bin noch nicht so weit, ich liebe Alex und ich vermisse ihn, und es tut mir weh hier zu sein." Riley nimmt mich in den Arm und ich versuche nicht wieder zu heulen. Aus dem Augenwinkel heraus erkenne ich meine Mutter auf uns zu stürmen,
ich kann ihre wütende Ader auf der Stirn bis hier hoch pumpen sehen
„Savannah, Elisabeth, Benneth komm jetzt sofort zurück ins Haus und kümmere dich um deine Gäste!"
Ich hasse es wenn sie meinen vollen Namen benutzt
„NEIN MOM, ES SIND NICHT MEINE GÄSTE ES SIND DEINE UND CYBILL´S GÄSTE, UND ICH HEIßE BAKER, SAVANNAH BAKER," schreie ich sie an.

„Schon gut, du brauchst nicht gleich so zu schreien, kommt jetzt bitte essen, das Essen ist fertig."
Ich rutsche weiter ins Baumhaus hinein um mich zu verstecken.
„Herrje Savannah, sind wir jetzt wieder 12 und müssen uns ins Baumhaus zurückziehen um zu schmollen?"
Damals verbot sie mir mit Alex und Sam auf ein Konzert zu gehen, sie fand ich wäre zu jung dafür. Ich verkroch mich im Baumhaus, und sie quatschte geschlagene 2 Stunden auf mich ein bis ich endlich aufgab und wieder runter kam.
„Dann weißt du ja wie lange ich es haushalte,"
rief ich nach unten.
„Sam, Riley helft mir doch mal bitte, Savannah sei doch bitte vernünftig, kleines, komm runter."
Sam und Riley schauen mich fragend an,
„schon gut, ich komm runter."
„Na das ging ja heute schneller als damals,"
„ich kann auch wieder rauf gehen,"
„nein, kommt jetzt ihr drei, das Essen wird kalt."

Draußen wird es langsam hell, ich habe total schlecht geschlafen, ich schaue zu Riley rüber, sie schläft noch. Ich stehe auf und gehe nach unten, Cybill bereitet schon das Frühstück für alle zu.
„Guten morgen Vanny, hast du gut geschlafen?"
„Nein habe ich nicht," ich schenke mir eine Tasse Kaffee ein,
„ich hab hier so viel Erinnerungen an Alex, das es mir schwer fällt nicht an ihn zu denken."
„Ja so geht es mir auch, aber ich muss stark bleiben. Für dich für mich für alle einfach."
So ein quatsch, für mich muss sie überhaupt nicht stark sein,
„nachher will Sam nochmal vorbei kommen und etwas mit

euch unternehmen bevor ihr morgen wieder abreist."
Von mir aus,
ich nicke und nehme mir einen Pancake.
„Ich glaube er mag deine Freundin Riley" fährt sie fort,
„er hat mich gestern Abend noch gefragt ob ich etwas näheres
über sie weiß, ich sagte er soll dich doch fragen, aber das
wollte er dann doch nicht," ich muss grinsen,
Sammy steht auf Riley.
Sam ist so ganz anders wie Alex, Alex war irgendwie immer
der Rudelführer in unserer Dreiergruppe, er wusste immer was
zu tun ist, Sam hingegen kam mir immer etwas verloren vor.
Ständig mussten wir ihm aus der patsche helfen oder ihm den
weg weisen. Wie bei seinem ersten Date, Sam war so nervös
und unbeholfen, das Alex ihm ein Headset Knopf ins Ohr
steckte und ihm Anweisungen gab. Das war ein Spaß, haben
wir gelacht, Sam fand das nicht witzig, Alex aber um so mehr.
Obwohl er schon immer größer wie Alex war, hatte er doch
immer Respekt vor ihm und legte auf seine Meinung großen
Wert. Sam war schon immer der größte von uns, schon in der
Schule, er müsste heute fast 2 m groß sein, hat braune
schulterlange Haare und blaue Augen. Er trug sein Haar schon
immer etwas länger als normal, nur der Dutt ist neu, heute trägt
er sie zum Dutt.
Riley ist wach und schnippt mit den Fingern vor meinem
Gesicht,
„hallo Erde an Savannah, jemand zu Hause?"
„Oh entschuldige, ich habe nachgedacht."
„Ja das habe ich gemerkt, und wo waren wir gerade Mrs.
Baker?"
„Cybill denkt Sammy steht auf dich," ich grinse und sehe zu
Cybill herüber. Sie nickt. Riley wird leicht verlegen und
knabbert an einem Pancake herum.

Frisch geduscht und voller guter Laune über Riley`s Verlegenheit stehe ich auf der Veranda und warte auf Sam.
„Das gefällt dir jetzt, was? Mich mal zur Abwechslung so zu erleben?" mein Riley verlegen. Ich nicke,
„schon gut ich hab`s verdient."
„Ja genau das ist die Rache dafür das ich Sam von Lucas erzählen musste."
Sam parkt das Auto, steigt aus und winkt zu uns rüber. Riley strahlt übers ganze Gesicht,
sehe ich etwa auch so aus wenn ich Lucas sehe? Oh Gott wie peinlich.
„Hi, alles klar bei euch? Savannah geht's dir heute besser?"
Ich grinse, „ihr geht es bestens, richtig schaden freudig heute." mein Riley,
„schaden freudig? Wie ist das gemeint?"
„Ach ich weiß nicht was sie meint, aber mir fällt da gerade ein ich muss ja noch zu meiner Mom, wegen gestern entschuldigen, ihr wisst schon. Geht schon mal vor ich komme nach."
Ich schiebe die zwei in Richtung Treppe. Riley schaut mich böse an.
Ich glaube sie hat mich durchschaut

Es ist bereits Abend, Riley und Sam sind immer noch nicht zurück. Ich beschließe ins alte Haus zu fahren um zu sehen was Sam so alles geändert hat. Im Haus brennt Licht und Sam`s Auto steht in der Einfahrt. Sie scheinen beide hier zu sein.
Ich klingle an der Tür,
„Savannah hi was machst du denn hier?"
„Ich suche Riley, ist sie nicht bei dir?"
Riley schaut hinter der Tür vor,
„hi sorry ich wusste nicht das es schon so spät ist, ich sollte

jetzt auch gehen Sam, es war ein schöner Tag heute, tschüss dann auch, komm Savannah wir können fahren."
Sie befindet sich bereits auf dem weg zum Auto. Ich schaue ihr erstaunt hinter her,
„ bye Riley, was?"
dieses *was* ist dann wohl an mich gerichtet denn mein Blick ruht mittlerweile fragend auf ihm wobei mir auffällt das er sein T-Shirt links herum trägt. Ich grinse,
„ach nix, schon gut, bis dann Sammy,"
drehe mich um und laufe zu Riley ans Auto. Auf dem nach Hause Weg, ich bin immer noch am grinsen, kann Riley mir nicht in die Augen schauen. Ich kann mir wirklich lebhaft vorstellen was die zwei gemacht haben. Ich lache laut auf, Riley wird rot.
„Du hast es gemerkt?"
Ich nicke,
„woran hast du es gemerkt?" will sie wissen,
„als erstes deine Reaktion auf meine Anwesenheit und dann trägt man heut zu Tage sein T-Shirt links herum?"
„Entschuldige bitte, ich habe mich hinreisen lassen. Tut mir leid. Da komm ich mit um dich moralisch zu unterstützen, und dann erwischt du mich zusammen mit dem besten Freund deines Mannes."
„Erwischt habe ich dich ja nicht wirklich, und außerdem war es meine Idee euch alleine weg zu schicken, Glaub mir ich kenne Sam, und wusste genau das so was passieren wird wenn du auch Interesse an ihm zeigst. Er ist mittlerweile nicht mehr so unbeholfen wie als Kind."
Ich lache, Riley schmunzelt.

Um 8 Uhr geht unser Flug, meine Mom und Cybill fahren uns zum Flugplatz. Kurz vor dem Einchecken kommt Sam noch dazu,

hätte mich auch gewundert wenn er nicht gekommen wäre.

Die Abschiedsszene der beiden gleicht einer Szene aus einem Schnulzenfilm das ich würg-Geräusche von mir gebe.

Beide schauen mich an und grinsen.

„Sam jetzt hast du wenigstens einen Grund mich mal zu besuchen, Riley würde sich sicher freuen," meine ich lachend.

Im Flugzeug schaut Riley seit Zehn minuten verträumt aus dem Fenster,

„ist alles ok bei dir?" frage ich,

„ja ich denke schon, ich hätte nicht gedacht das mir mal so etwas passieren könnte, nicht nach so kurzer Zeit."

„Was denn?"

„Ich habe mich in Sam verliebt."

Ja ich wusste es.

Zufrieden lasse ich meinen Sitz nach hinten und mache es mir bequem. Noch etwa eine Stunde dann landen wir in Atlanta.

Wenn ich mich beeile dann schaffe ich es noch zum Frühstück.

Kapitel 4

„Guuten Moorgen meine lieben," flötet Libby am nächsten Tag im Pausenraum.

Man ist die gut gelaunt heute morgen, ich wüsste gerne den Grund dafür,

„guten morgen, Libby. So gut gelaunt? Was sind den die Gründe dafür, wenn ich fragen darf?"

„Darfst du, aber es wird dir nicht gefallen."

Ich ahne schlimmes

„Ich hatte ein tolles Date mit Lucas, wirklich toll."

Ihre Augen funkeln mich an,

„Libby muss ich dir jetzt etwa auch den unterschied zwischen einem Date und einer Verabredung unter Freunden erklären?"

„Nein musst du nicht, ich kenne den Unterschied und Dass war definitiv ein Date, glaub mir."

Eifersucht, ich spüre diese Eifersucht.

„Wie kommst du bitte darauf?"

„Na Lucas sah so alleine aus als er am Freitag durch den Schulflur ging, Tom ist ja in den Flitterwochen, und du und Riley wart in Texas Pony reiten,"

wir waren nicht Pony, ach auch egal,

„und da hab ich ihn gefragt ob er nicht das Wochenende mit mir verbringen will. Schließlich war ja Jahrmarkt, und ich fragte ob er mit mir da hin gehen will."

Stolz schenkt sie sich eine Tasse Kaffee ein.

„Das hört sich für mich aber eher an wie ein treffen unter Freunden weil sonst niemand da war?"

„Sicher aber die Art und weise wie er sich verhielt auf dem Jahrmarkt?! Er Schoß mir ein Teddy, kaufte uns Zuckerwatte und fuhr mit mir auf dem Riesenrad."

Ok das hört sich schon eher nach einem Date an.

Schaden freudig grinst sie mich an,
„und abends gingen wir noch was essen und in diese Bar die in der Stadt Neueröffnung feierte. Er brachte mich anschließend nach Hause und blieb über Nacht."
Über Nacht?
Entsetzt starre ich sie an,
„na klingt das wie ein Date für dich, Savannah?" flötet sie mich an. Voller Eifersucht starre ich enttäuscht den Tisch vor mir an und spiele mit dem Löffel in meiner Kaffeetasse.
Das ist dann wohl auch der Grund warum er am Sonntag morgen nicht im Frühstückscafé war.
Libby steht hinter mir und flüstert
„1:0 für mich Savannah" und verlässt den Pausenraum.
1:0 für dich Libby

Lucas passt mich auf dem nach Hause Weg ab,
„Savannah warte, du bist mir heute aus dem weg gegangen, ist irgendetwas in Texas passiert?"
„Nein Lucas, alles gut, wie ich hörte hattest du auch ein erfülltes Wochenende?"
„Oh ja, wie?"
„Libby, sie musste es mir natürlich sofort erzählen, von eurem tollen Tag auf dem Jahrmarkt, und eurem Abendessen, hat sie es bezahlt das Abendessen?"
„Nein hat sie.., sag mal bist du etwa Eifersüchtig?"
Überrascht schaut er mich an.
„Nein bin ich nicht, nur erstaunt darüber das du über Nacht geblieben bist."
„ja das kann ich erklären,
es stimmt also, er blieb über Nacht.
„Du musst gar nichts erklären," unterbreche ich ihn.
„Ist das der Grund warum du mir heute aus dem Weg gegangen

bist?" fragt er mit trauriger Stimme.

„Ich bin dir nicht, ach auch egal ich muss jetzt nach Hause meine Katze hat Hunger."

Natürlich habe ich keine Katze, aber das weiß er ja nicht. Im Augenwinkel sehe ich wie Lucas den Kopf schüttelt bevor er in sein Auto einstieg.

Ente Süß-Sauer, und Dirty Dancing das ist genau das was ich heute Abend brauche. Ich nehme einen von den Flamingovorhängen runter und wickle mich darin ein. Ich spüre Alex´s Nähe und so fühlt es sich an als ob Alex mit mir den Film anschaut,

ich frage mich immer noch was diese Wassermelonen-Szene so toll macht.

Ich könnte diesen Film jeden Abend anschauen. Nach einem Telefonat mit Riley, in dem ich ihr von Libby und Lucas` Date erzähle, lege ich mich ins Bett, immer noch in den Vorhang eingerollt und schließe meine Augen..

Hallo Alex, ich war bei uns zu Hause am Wochenende, deine Mom ließ diese Party für dich schmeißen. Es war grauenhaft, ich fühlte mich so Elend. Alex ich vermisse dich.

Die darauffolgende Woche versuche ich Lucas und Libby so gut wie möglich aus dem Weg zu gehen, was Libby nicht besonders störte, Lucas` dagegen scheint darüber leicht gekränkt zu sein, laut Riley`s Aussage würde er sie ständig damit bequatschen, das zwischen ihm und Libby in dieser Nacht nichts gelaufen ist und wenn ich doch nicht Eifersüchtig wäre, warum ich ihm dann die ganze Zeit aus dem Weg gehen würde? Ich schätze ich muss irgendwann wieder mit ihm reden, schließlich kann er tun und lassen was er will, und selbst wenn er mit Libby geschlafen hat, *bei diesem Gedanken läuft es mir eiskalt den Rücken runter,* geht es mich ja eigentlich nichts an. Ich beschließe bei der nächsten Gelegenheit mit ihm zu sprechen.

Wie es der Zufall so will treffe ich ihn am Samstag in der Stadt in einem Eiscafé.
„Hallo Lucas, darf ich mich zu dir setzten?"
Erstaunt schaut er mich mit seinen strahlenden blauen Augen an, eine Haarsträhne hängt ihm im Gesicht und er lächelt zaghaft. Vor ihm befinden sich ein paar Deutschaufsätze die er anscheinend gerade korrigiert. Er trinkt einen Schluck seines Kaffee`s und signalisiert mir das ich mich setzen soll.
„Ich finde das wir mal reden sollten."
Ich schaue ihn an, aber er sitzt gespannt vor dem Deutschaufsatz und beachtet mich nicht.
Nur ein leises MMHMM ist zu hören.
„Ich weiß ich habe falsch reagiert auf das was Libby mir erzählt hat, es geht mich ja wirklich nichts an, ihr könnt tun und lassen was ihr wollt, ich war nur überrascht, weil ich der Meinung war sie rennt dir hinterher wie ein Verliebter Teenager und du hast kein Interesse an ihr, lässt ihr aber den Spaß. Lucas? Hörst du mir überhaupt zu?"
„Ja ich höre dir zu Savannah," antwortet er ohne vom Aufsatz aufzuschauen,
„nur was ich nicht verstehe ist warum du so sauer bist weil ich bei Libby übernachtet habe wenn du doch wie du sagst nicht Eifersüchtig bist?"
Erst jetzt lässt er sich nach hinten rutschen und schaut mich ernst aber fragend an. Mit seinen Fingern spielt er am Kugelschreiber.
Klick Klack, Klick Klack, das macht mich noch nervöser wie sein fragender Blick.

Ich weiche seinem Blick aus und starre auf den Boden.
„Wie war es in Texas? Hattet ihr Spaß?"
unterbricht Lucas das peinliche Schweigen.
*Och ja ich war nur der Arsch der die Party ruiniert hat, habe
geheult wie ein Baby, meine Mutter ist sauer auf mich, und
Sam und Riley hatten denke ich Sex.*
„Ganz ok, wie es halt so ist bei der Familie Daheim. Wir lieben
und wir hassen uns, aber Riley hat sich köstlich amüsiert mit
Sam einem alten Freund von mir."
Lucas fängt an zu schmunzeln,
„ich dachte mir schon das so was ähnliches passiert sein muss.
Sie summt die ganze Zeit vor sich hin, und meine Schülerin
Julie die auch in ihrem Spanischkurs ist erzählte mir wie
-gechillt- sie zur Zeit drauf ist."
„Ja sie scheint es richtig erwischt zu haben, du hättest sie
zusammen sehen sollen, sie wurde immer ganz nervös in seiner
Gegenwart und auch leicht rot schon genau wie iiii.."
sei ruhig Savannah, du redest mit Lucas,
Lucas lacht mich an und fährt sich durch die Haare.
„Also erzählst du mir warum du bei Libby übernachtet hast?"
lenke ich schnell ab.
„Reifenpanne!"
„Reifenpanne?"
Wie soll ich das jetzt verstehen?
„Wieso Reifenpanne?"
„Ich wollte Libby nach Hause fahren und etwa ein Block vor
ihrem Haus hatte ich einen geplatzten Reifen, ich hab natürlich
kein Ersatzrad im Auto und musste den Wagen bis zu ihr
schieben, da der Pannendienst Samstagabends das doppelte
verlangt wenn ich anrufe und zu mir heim laufen etwas weit
war, hat sie vorgeschlagen ich könne bei ihr übernachten und
Sonntags ein Ersatzrad besorgen," erklärte er mir.

„Warst du deshalb nicht Frühstücken? Weil du ein Ersatzrad besorgen musstest?"

„Hast du etwa auf mich gewartet?"

Er beugt sich nach vorne und stützt sich auf den Tisch, „deshalb warst du so sauer, du wartest auf mich im Café und ich komme nicht. Und dann hörst du ich habe bei Libby übernachtet."

„Pffff nein nicht direkt gewartet.."

Eher hin gehetzt direkt nach dem Flughafen.

„Savannah, Libby und ich sind nur Freunde."

„Ja Freunde mit gewissen Vorzügen."

Lucas schaut mich stirnrunzelnd an,

hab ich das etwa laut gesagt.

„Hab ich das etwa laut gesagt?" frage ich erschrocken.

Er lächelt und schüttelt den Kopf,

„keine Vorzüge, Savannah."

Ich schaue ihm direkt in die Augen, er erwidert meinen Blick, ein kribbelndes Gefühl macht sich in meinem Magen breit und ich merke wie ich rot werde. Verlegen wende ich als erstes den Blick ab und dabei merke ich das auch Lucas etwas verlegen wirkt.

Am Sonntag werde ich mal so richtig ausschlafen, und zu Hause bleiben. Ich muss sowieso noch das bevorstehende Kunstprojekt der Klasse vorbereiten. Von daher werde ich auch nicht in das Café fahren, sondern zu Hause frühstücken. Am Mittag als ich gerade über dem Projekt brütete, klingelt es an der Tür.

Oh Mann, wer ist das jetzt schon wieder?

„Ente Süß-Sauer, Riley sagte mir du wärst süchtig nach dem Zeug."

„Lucas? Was machst du denn hier?"

„Ich dachte da du nicht beim Frühstück warst, bringe ich dir was zu essen vorbei. Oh du arbeitest an dem Kunstprojekt? Störe ich etwa?"

Stören? Nein? Ablenken? Ja!

„Nein du störst mich nicht, setz dich doch, ich hole uns Besteck!"

Gerade wird mir klar, dass ich ganz alleine mit Lucas in meiner Wohnung bin. Da ist es wieder das Gefühl in meiner Magengegend.

Herr hilf mir stark zu bleiben.

„Wo ist deine Katze?" fragt mich Lucas und schaut sich in der Wohnung um.

„Katze?"

„Ja sagtest du nicht du hättest eine Katze?"

Ach ja, das sagte ich mal.

„Hättest du gerne eine Cola zum essen oder lieber Soda-Wasser? Ich könnte auch Kaffee kochen oder Tee?" versuche ich mit hoher Stimme von der Katze abzulenken.

„Cola reicht, danke," grinst er und richtet die Ente Süß-Sauer auf dem Teller an.

Während dem Essen erzählt er mir von Tom`s Hochzeit und wie die Schwester Tom`s plötzlich betrunken auf dem Tisch tanzte und seine Mutter immer wütender wurde, aber alle Gäste eigentlich ihren Spaß dabei hatten.

Das hätte ich gerne gesehen.

„Oh je, armer Tom, das wird jedes Jahr am Hochzeitstag wieder Aufgetischt, im wahrsten sinne des Wortes."

Ich muss lachen,

„und wer war dein Date?"

„Mein Date?" fragt er überrascht.

„Ja deine Hochzeitsbegleitung?"

Voller Spannung auf die Antwort schaue ich ihn an.

Nicht Libby! Bitte nicht Libby!
„Ich hatte keine Begleitung."
„Dann musstest du also am Singletisch sitzen?"
„Ja nur das der Singletisch auch der Kindertisch war,"
flüsterte er peinlich berührt.
Ich lache laut auf.
„Das amüsiert dich jetzt was?"
„Ja," nicke ich. Er seufzt und isst ein Stück Ente..

Es gibt wohl auf jeder Hochzeit irgendjemand der sich einen
Fauxpas erlaubt. Auf der Hochzeit von mir und Alex waren es
Sam und eine der Brautjungfern Kristy, ich kannte sie vom
College, wir teilten uns ein Zimmer und waren auch danach
noch Freunde. Bis zur Hochzeit. Es scheint ihr immer noch
peinlich zu sein. Sam versuchte bei ihr anzubändeln, sie hatte
schon ein bisschen zu viel getrunken, und als er knutschend mit
ihr in der Lobby stand, wurde ihr plötzlich schlecht, und kotzte
auf sein Hemd. Das Gesicht von Sam als er uns erklärte warum
er Kotze auf dem Hemd hatte, köstlich...

Nachdem wir die Reste verräumt und das Geschirr gespült
hatten, machen wir es uns mit einem Glas Rotwein auf dem
Sofa gemütlich. Lucas erzählt mir von seiner letzten Beziehung
und wie weh ihm die Trennung getan hätte. Sie waren 5 Jahre
liiert, bis sie aus heiterem Himmel beschloss zu gehen, weil sie
dachte das ihr irgendetwas im Leben fehlen würde das Lucas
ihr nicht bieten könne.
Grauenhafte Person, so was sagt man doch nicht.
„Was ist mit dir Savannah? Warst du schon mal ernsthaft
verliebt?"
Ich kann ihn nicht anschauen und wende meinen Blick ab,
meine Miene wird ernst,

ich kann dir nicht von Alex erzählen, noch nicht.
Lucas scheint gemerkt zu haben das mich diese Frage etwas
verletzt hat.
„Tut mir leid, ich wusste nicht das es noch ganz frisch ist.
Sicher bist du deshalb nach Atlanta gezogen."
Ich nicke.
Ich kann ihm nicht erzählen was passiert ist.
„Schon gut, du musst mir nicht von ihm erzählen wenn du
nicht willst, ich verstehe das."
Dankbar lächle ich ihn an. Nachdem Lucas gegangen ist, lege
ich mich aufs Bett und decke mich mit dem Vorhang zu.
Ich schließe die Augen..
Hallo Alex.. Ich hatte heute einen anderen Mann zu Besuch.
Nein es ist nichts passiert, wir sind nur Freunde, Alex. Aber ich
bin ehrlich zu dir, ich entwickle Gefühle für diesen Mann. Ich
kämpfe noch dagegen an, Alex. Aber es wird von Tag zu Tag
schwerer. In 2 Wochen hätten wir Hochzeitstag.
Wie soll ich diesen Tag nur überstehen? Nächsten Monat
nähert sich dein Todestag zum ersten Mal.
Oh Alex.. Ich vermisse dich.

Montag sollen die Lehrer noch etwas länger bleiben um den
Schulball zu besprechen.
„Die Schüler haben sich für eine 80er Party entschieden. Sie
haben es per Abstimmung ausgelost," erklärt uns Mr. Porter,
„sie wollen dann auch 80er Mode in Betracht ziehen, die
Turnhalle soll in Neon und Glitzerdiscokugel geschmückt
werden, und der DJ lässt die Hits der 80er laufen, was die
Musik betrifft, bin ich voll und ganz dafür, aber die Mode war
zu der Zeit nicht so mein Geschmack."
Ich weiß gar nichts über 80er Mode. Ich bin ein 90er
Jahrgang. Aber die Musik ist nicht schlecht.

Ein raunen ist durch den Raum zu hören,
„ ich weiß, ich weiß," fährt Mr. Porter fort,
„das ist nicht ganz euer Geschmack, da ihr alle nicht das Alter
habt, wo ihr die 80er erlebt habt, scheinbar sind da Dorothea
und ich die einzigen," er lacht.
Dorothea ist unsere Sekretariatsdame und scheint diesen Job
neben der Rente auszuüben. Sie hätte das Alter dafür,
außerdem arbeitet sie nur Teilzeit.
„Aber die Schüler sind ja auch nicht im 80er Alter, sie nennen
es eine Oldie-Party! Oh je da komme ich mir richtig alt vor."
Im Raum wird gekichert und so was wie
„nein sie doch nicht" gerufen.
„ Ja ja schon gut, wir haben auch schon ein Datum festgesetzt,
es wird am 31.Mai stattfinden."
31.Mai? Habe ich das richtig verstanden?
„Das ist in ein paar Wochen, somit haben die Kids vom
Schulballkomitee noch genug Zeit alles vorzubereiten.
Ms. Baker ist alles ok mit ihnen?"
Nein nichts ist ok, ich glaub mir wird schlecht.
Ich stehe auf und renne nach draußen, meine Knie fühlen sich
an wie Pudding. Ich renne ins nächste WC, mein Spiegelbild ist
Käseweiß, das Blut ist mir in den Adern gefroren. Ich schütte
mir etwas Wasser ins Gesicht als Riley den Raum betritt,
„alles gut meine süße? Du siehst ja schlimm aus, was ist denn
los?"
„Der 31.Mai" antworte ich,
„das ist Alex`s Todestag."
Sie nimmt mich in den Arm, und ich Kämpfe mit den Tränen.
Nach ein paar Minuten gehen wir zurück ins Lehrerzimmer,
alle starren mich an als ich zurück zu meinem Platz laufe. Beim
setzten schaue ich zu Lucas, er erwidert meinen Blick, aber er
schaut traurig aus, scheinbar hat er bemerkt das mir dieses

Datum irgendetwas bedeutet, und nicht im positiven Sinn.
„Geht es wieder Ms. Baker?"
„Ja Danke Mr. Porter, tut mir leid. Habe ich etwas verpasst?"
„Ms. Masterson schlug vor das wir die Schüler unterstützen sollten und uns ebenfalls im Stil der 80er Jahre kleiden, jedenfalls diejenigen die dieses Jahr die Aufsicht durchführen werden."
Na toll danke, Libby, wie reizend,
„ja und ich erwähnte auch da der Termin nun am 31. Mai stattfindet, ich leider keine Aufsicht machen kann, da an diesem Tag meine Mutter Geburtstag hätte." flötet Libby sarkastisch.
Ach und trotzdem der Vorschlag der 80er Mode für die Aufsicht ?
„Das ist kein Problem, ich melde mich freiwillig," sage ich.
„Bist du dir sicher? Savannah?" fragt Riley erstaunt. Ich nicke.
„Gut dann mach ich das auch, tragen sie uns ein Mr. Porter."
„Mach ich doch sofort, sonst noch jemand? ich bräuchte noch Zwei männliche Kollegen."
Fragend wirft er seinen Blick in die Runde. Ich schaue Lucas an und als wüsste er was ich denke, hebt er die Hand.
„Ich könnte auch, meine Frau ist auf Geschäftsreise an dem Wochenende" ruft Tom in die Runde.
„Sehr schön, also dann hätten wir Ms. Baker und Ms. Thompson für die Mädchen und Mr. Daniels und Mr. Greene für die Jungs. Perfekt, vielen Dank wehrte Kollegen. Das war es würde ich mal sagen für heute. Ich wünsche noch einen schönen Abend."
„Na Libby immer noch auf dem Geburtstag deiner Mutter?" lacht Riley beim hinausgehen.
Libby wirft ihr nur einen bösen Blick zu.
Ich brauche ein 80er Outfit , was haben die getragen?

Zuhause mache ich mich im Internet schlau, und bestelle mir eins auf eBay.

Heute ist der 15. April, heute haben wir Hochzeitstag, heute melde ich mich krank.
Ich schalte Klingel und Handy aus und schließe mich daheim ein, so wie ich es damals nach Alex`s Tod getan habe. Nur Riley habe ich eingeweiht, sie versucht mich zu decken,
„ich sag wir waren Sushi essen und du hast es nicht vertragen, oder so, aber melde dich bitte wenn du mich brauchst, ja?"
„Ja ich verspreche es. Danke."
„Kein Thema, wofür hat man Freunde."
Ich sitze auf dem Bett im Pyjama mit einem großen Ben and Jerry`s Schokocookie`s Eisbecher und höre Toni Braxton`s *Unbreak my Heart* Song in Dauerschleife.....

Unbreak my heart
Say you'll love me again
Undo this hurt you caused
When you walked out the door
And walked outta my life
Uncry these tears
I cried so many nights
Unbreak my heart
My heart

Nach etwa 5 Wiederholungen singe ich total verheult mit, *hoffentlich habe ich geduldige Nachbarn,*
lege mich hin, kuschle mit dem Vorhang und schließe die Augen

Hallo Alex..weißt du was heute für ein Tag ist? Ja genau heute vor einem Jahr nahmst du mich zu deiner Frau. Heute vor einem Jahr schenktest du mir meinen schönsten Tag in meinem Leben. Heute vor einem Jahr war ich die Glücklichste Person in ganz Texas.. Heute vor einem Jahr..

Ich wache auf, das Lied läuft immer noch, es ist schon Morgen.
Oh verehrte Nachbarn es tut mir leid, leid, leid .
Ich schalte mein Handy an, Fünf Nachrichten aus Zwei Chats, Vier Mal Riley die mir tröstende Worte zu spricht, und ein Mal Lucas.
Lucas? Er hat mir noch nie geschrieben?
Ich gab ihm meine Nummer an dem Sonntag als er mich mit der Ente Süß-Sauer überraschte, aber er hatte nie etwas geschrieben.
= Hi Savannah, ist alles ok mit dir? Ich wollte nach dir sehen. Und da hörte ich vorm Haus diesen Song in der Dauerschleife? Ich hab geklingelt, aber du hast nicht Geöffnet. LG Lucas=
Ja mir geht es gut, schätze ich.
Als ich die Schule betrete, stehen Riley und Lucas im Schulflur vor dem Schwarzen Brett und unterhalten sich. Als sie mich sieht, kommt sie auf mich zu und nimmt mich in den Arm.
Lucas schaut mich misstrauisch an,
„alles in Ordnung mit dir?"
„Ja Lucas alles gut, ich habe deine Mail heute morgen erst gelesen, ich hatte schlechtes Sushi und lag im Bett. Hab die Klingel nicht gehört."
Er schaut immer noch misstrauisch, nickt aber,
„ok bis später."
„Hat er es uns abgekauft?" frage ich Riley.
„Ich schätze nicht, er meinte du hättest ihm mal erzählt du

hasst Sushi und er wunderte sich das du das jetzt doch gegessen hast. Ich sagte ihm mir zu liebe, aber er wirkte etwas misstrauisch."

Ich seufze, das hatte ich vergessen.

Am Mittag kam mein Paket von eBay und ich zeige Riley stolz was ich gekauft hatte. Eine Neon pinke Röhrenjeans und ein Schwarzes Shirt mit Neongelben Netz oben drauf, dazu Neon-pinke Pumps und Neon-orangene Stulpen. Sie kreischte als sie mich sah,

„das sieht Hammer aus, so ein Outfit brauche ich auch."

Ich zeige ihr auf eBay wo ich alles gekauft hatte, und wir beschlossen im Partnerlook zu gehen.

Das wird ein Spaß.

„Schaffst du das wirklich an diesem Tag?" fragt sie mich mit leiser Stimme,

„schließlich ist es doch.."

„Ja ich schaff das. Ich muss mich ablenken. Und was für eine bessere Ablenkung gibt es als mit Lucas auf einer 80er Party zu sein ohne meine Tarnung fallen zu lassen und ihn nach einem Date zu fragen?" grinse ich sie an.

Sie klatscht vor Freude in die Hände und hüpft auf und ab.

Ich schaffe das, und ich freue mich sogar ein bisschen.

Als das Paket von Riley angekommen ist, beschließen wir unser Outfit Lucas zu präsentieren.

Voll auf 80er aufgestylt machen wir uns auf den Weg zu ihm. Ich bin leicht nervös, schließlich war ich noch nie bei ihm zu Hause. Wie kleine aufgeregte Kinder klingeln wir an seiner Tür. Es ist eine Tür mit kleinen Glaskacheln in der Mitte. Durch die man durchsehen kann und ein teil des Flures erkennt. Ich Linse durch eines der Kacheln und erkenne einen Schatten auf die Tür zu kommen.

„Lucaaaas," flöten wir im Duett.

Er öffnet die Tür,
„hey wie schaut ihr denn aus? Im Partnerlook," fängt er an zu lachen,
„geniales Outfit. Sieht gut aus. Steht euch wirklich. Kommt rein."
Riley und ich drücken uns gleichzeitig durch die Tür wobei ich versehentlich seine Hand berühre, ein Kalter Schauer überkommt mich und ich atme tief durch. Ich spüre seine Blicke auf meinem Rücken.
„Jetzt brauchen wir nur noch eins für dich, deshalb sind wir hier, wir haben vor dir jetzt auch was hübsches zu bestellen." ruft Riley Lucas zu.
„Oh je aber bitte nicht im Partnerlook zu Tom, das könnte böse enden. Die Kids haben heute alle Smartphones und es könnte sofort auf Facebook landen," meinte er und stützt seine Hände in den Nacken.
„Wir dachten da an ein passendes Outfit das zu uns passt." lachen wir.
Lucas schaut uns skeptisch an. Nach langer Suche entschlossen wir uns für einen schlichten hellblauen Anzug à la Don Johnson aus Miami Vice. Voller Euphorie beobachte ich ihn während Riley und er alle Daten eintippen. Erst jetzt fällt mir auf das er eine Pyjama Hose trägt und barfuß läuft. Er hat leicht zerzauste Haare die er sich die ganze Zeit versucht zu richten.
„Haben wir dich geweckt, lagst du schon im Bett?" frage ich überrascht.
Riley, der jetzt wohl auch aufgefallen ist, das er die Pyjamahose trägt, schaut hastig auf die Uhr.
„Oh je es ist ja auch schon kurz vor Mitternacht."
„Schon gut, ich lag noch nicht lange, und hatte euch schon gehört als ihr aus dem Auto ausgestiegen seit."

Er grinst mich an und trinkt ein Schluck Soda-Wasser aus der Flasche.

Ich sehe Riley an und wir müssen kichern. Die Nacht des *30. Mai* schlafe ich besonders Schlecht. Ich habe wieder diesen Traum, das Alex vor den Vorhängen steht, und ich ihn Anflehe nicht zu fahren, wieder wache ich schreiend auf.

Heute ist der *31. Mai*, der Tag den ich am meisten befürchtet habe, der Tag der meine Welt zum einstürzen brachte, der Tag den ich für immer im Gedächtnis haben werde,

Alex´s Todestag..

Kapitel 5

Ich lehne mich zurück und muss mich erst mal beruhigen. Ich schließe die Augen..

Hallo Alex, weißt du was heute vor einem Jahr mit dir passiert ist? Ich habe mich immer gefragt ob du schmerzen hattest? Ob du bei Bewusstsein warst, als die Sanitäter versuchten dich aus dem Autowrack zu bergen? Sie meinten zwar du warst auf der stelle Tod, doch was ging dir durch den Kopf Sekunden bevor du zerquetscht wurdest? Hast du an mich gedacht? An deine Mutter? Oder Sam? Oh Alex, ich gehe heute auf ein Schulball, ich muss mich ablenken. Ich liebe dich Alex ..

Das Telefon klingelt, es ist Sam, er erkundigt sich nach meinem Zustand und ich erzähle Ihm von der Party.
„Das ist gut, Vanni, es wird dich ablenken. Hab viel Spaß und grüße Riley von mir. Ich komme sicher bald mal dazu euch zu besuchen. "

Ich lege mir mein Outfit zurecht und richte mir mein Frühstück. Ich muss mich ablenken, sonst denke ich nur an dem Moment an dem die Polizei zu mir kam um mir von Alex`s Tod zu berichten. Sam war bei ihnen in meinem Wohnzimmer als ich vom einkaufen nach Hause kam. Ich wusste sofort das etwas passiert sein musste, ich sah es in Sam`s Augen.
Ich muss an was anderes denken.
Ich denke an Libby und wie sie jetzt wohl am Frühstückstisch ihrer Mutter sitzt und sich ärgert, das sie heute keine Aufsicht auf dem Ball hat, zudem doch Lucas heute auch dort ist.
Herrlich,
leicht schadenfroh beiße ich in mein Marmeladenbrot.

Am Nachmittag kommt Riley vorbei damit wir uns gemeinsam stylen und zur Party gehen können.
„Ich habe vorhin noch ein kurzen Blick auf die Turnhalle geworfen, als ich mein Projektordner geholt habe, sieht echt super aus. Haben die Kids wirklich super gemacht," verkündet sie Stolz, während sie sich die Haare glättet.
„Lucas war auch dort und half den Jungs die Discokugel aufzuhängen," grinst sie mich an.
„Was willst du damit jetzt sagen?"
„Ach nichts nur er meinte zu mir, bis später, ich freue mich schon auf heute Abend, und dass er nicht mich damit gemeint hat, wissen wir ja beide."
Ich werde wieder Rot und muss tief durchatmen als ich in den Spiegel schaue.
Ich schaffe das.
Der Ball beginnt um 19 Uhr, pünktlich um 18.30 Uhr stehen Riley und ich vor der Turnhalle und warten auf Tom und Lucas. Einige der Schüler sind schon auf dem Parkplatz und gratulieren uns zu unserem Outfit. Ein paar der Mädchen kleideten sich genau wie wir, ein paar haben ihr Outfit einfach mit 80er Jahre schmuck aufgewertet.
„Wenn ich das gewusst hätte, dann hätten die Ohrringe und der Haarreif auch gereicht," flüstere ich Riley zu und sie nickt.
Lucas` Auto fährt vor, mein Herz rast, ich greife nach Rileys Hand und drücke sie zu.
„Aaaalles in Ordnung?" fragt sie schmerzerfüllt.
„Ja sorry, ich bin nur tierisch aufgeregt."
„Das ist nur eine Aufsicht auf einem Schulball, Savannah."
„Ja weiß ich, aber..,"
sie lächelt mich an und hakt sich bei mir ein.
„Schon gut ich weiß was du meinst, komm wir gehen rüber, Tom parkt sein Auto auch gerade neben Lucas."

Tief durchatmen, Savannah.
Tom steigt aus dem Auto aus, er trägt einen Trainingsanzug der
80er Jahre und eine dieser albernen Sonnenbrillen. Wir fangen
an zu grölen.
„Ja ja ich bin Sportlehrer" verteidigt er sich,
„und was ist eure Entschuldigung fürs Outfit Mr. Crockett,*
eine Anspielung auf Miami Vice*
und ihr zwei seit die Olsen Twins?"
Wir lachen uns schlapp, haken uns bei den Jungs ein und gehen
in Richtung Eingang.
Drin angekommen trifft es mich wie ein Schlag, sie haben nicht
nur alles in Neon gehalten , sondern auch berühmte
Filmplakate der 80er aufgehängt. Ich stehe vor einem
überdurchschnittlich großem Bild des Filmes *Dirty Dancing.*
Daneben stehen einige berühmte Filmzitate aus dem Film..
Mein Baby gehört zu mir! Ich habe die Wassermelonen
getragen!
Ich muss lachen, *schon wieder die Wassermelonen.*
„Du liebst doch diesen Film, oder?" fragt mich Lucas als er
sieht wie ich vor dem Plakat stehe. Lachend muss ich nicken.
Die Turnhalle füllt sich langsam und der DJ lässt die Hits der
80er laufen. Solche Interpreten wie *Nena, Madonna, Depeche*
Mode, Billy Idol, Voyage Voyage, Culture Club oder Roxette
dröhnen aus den Lautsprecher. Die Schüler scheinen sich
köstlich zu amüsieren. Bis jetzt gab es keine Zwischenfälle.
Sogar der Punsch blieb alkoholfrei, was Tom regelmäßig
überprüfte.
„Hallo, hallo hört mir mal kurz zu," unterbricht Julie, eine
Schülerin, die Tanzmeute.
„Ich möchte kurz sagen wie toll wir, vom Schulballkomitee,
finden, wie die Turnhalle ausschaut, das habt ihr alle toll
gemacht, und auch ein großes Lob an unsere diesjährigen

Aufsichtslehrer und ihre Outfits, Mr. Greene, Mr. Daniels, Ms. Baker, Ms. Thompson ihr seht klasse aus."
die Kids applaudieren.
„Zu diesem Zweck haben wir anlässlich unserer 80er Party auch herausgefunden, dass Ms. Baker ein großer Dirty Dancing Fan ist, was uns zu den Filmplakaten inspirierte, daher widmen wir das nächste Lied Ms. Baker und Mr. Daniels, weil er es uns verraten hat."
Lucas grinst über das ganze Gesicht als ich ihn erstaunt anschaue.
Verräter,
„also darf ich um diesen Tanz bitten?" fuhr Julie fort und zeigte auf die Tanzfläche.
Er nahm meine Hand und zog mich nach vorne, nervös schaue ich Riley an, die mit beiden Daumen nach oben da stand und mir zu zwinkerte. Aus den Boxen ertönt die Anfangsmelodie von
(I've Had) The Time of My Life
aus dem Soundtrack des Filmes.
Lucas legt zaghaft seine Hände auf meine Hüften und ich meine um seinen Hals. Wir schauen uns tief in die Augen, und bewegen uns zum Takt der Musik. Mir ist es peinlich das uns alle beobachten, und ich bin froh als Riley und Tom ebenfalls zu uns stoßen und mittanzen.
Nach und nach kommen immer mehr Schüler dazu und ich fühle mich etwas wohler.
Hier tanze ich also am Todestag meines Mannes zu dem Song (I've Had) The Time of My Life mit dem Mann der meine Gefühle völlig aus dem Gleichgewicht zu bringen scheint.
Welch Ironie..
Ich schmiege mich näher an Lucas und genieße den Augenblick. So nah war ich schon lange keinem Mann mehr.

Er riecht göttlich,
nach Erdbeere? Nein Himbeere? Nein Orange? Nach
Multivitamin!
Ich atme diesen Geruch tief ein und lege meinen Kopf an seine
Brust, dabei höre ich seinen Herzschlag, es schlägt schnell.
Macht ihn das etwa nervös?
Ich hebe meinen Kopf und sehe ihn an, unsere Gesichter sind
so nah das ich seinen Atem auf meinen Lippen spüre, sofort
durchströmt ein Gefühl meinen Körper das ich so vorher noch
nicht kannte, noch nicht mal bei Alex. Ich spüre wie meine
Knie immer weicher werden und mein Herz springt mir fast
aus der Brust. Das Lied endet und ich löse mich aus dieser
Position. Lucas nimmt meine Hand und wir gehen zurück an
den Rand der Tanzfläche. Tom und Riley sehen uns fragend an,
röte steigt in mir auf. Lucas strahlt übers Gesicht.
„Nun noch ein anliegen in eigener Sache", fängt der DJ an,
„alle kennen ja meinen Bruder Dean. Er und seine Freundin
Jessica haben heute ihren Jahrestag."
Noch ein Jahrestag!
„Und sie baten mich für sie ihren Song zu spielen der lief als
sie sich zum ersten Mal küssten, es ist kein Song der 80er, aber
ich denke ihr habt nix dagegen."
Dean und Jessica treten nach vorne. Aus den Boxen ertönt die
Anfangsmelodie von
Unbreak my heart und ich erstarre.
Nein nicht heute, nicht jetzt,
ich drücke Lucas` Hand und suche verzweifelt nach Riley die
auf Toilette musste.
„Alles ok? Savannah" fragt mich Lucas besorgt. Riley rennt
auf mich zu und ich brauche dringend frische Luft. Ich reise
mich von Lucas los und stürme nach draußen. Tom und Lucas
sehen sich Ratlos an.

„Was ist mit ihr los, Riley?" fragt Tom.

„Schon wieder schlechtes Sushi gegessen?" neckt Lucas sarkastisch.

Riley sieht ihn strafend an,

„sehr witzig, Lucas. Ich kann euch nicht sagen was los ist, ich hab ihr versprochen nichts zu erzählen und ich halte mein Wort."

„Hat es was mit einem Typen zu tun?" fragt Lucas leicht verärgert.

„So in der Art, Lucas. Gib ihr Zeit. Sie will es dir erzählen wenn sie so weit ist, wenn sie darüber reden kann ohne zu heulen."

Lucas nickt und Riley beginnt mich zu suchen.

Ich stehe vor der Turnhalle an die Wand gelehnt und versuche nicht zu hyperventilieren.

„Riley ich kann das nicht, ich kann da nicht wieder rein, nicht jetzt. Auch nicht wenn das Lied vorbei ist. Lucas hält mich doch für ein Psycho der bei jedem kleinen Schlagwort ausflippt?"

„Nein er macht sich nur Sorgen um dich. Ich hab ihm gesagt er muss Geduld haben und wenn du soweit bist, dann erzählst du ihm alles."

„Ich will trotzdem nach Hause, geht das?"

„Ja aber dann muss Tom oder Lucas dich Fahren, weil eine weibliche Aufsicht muss anwesend bleiben."

„Kannst du Tom bitte fragen?"

„Warte hier ich hole ihn."

„Danke."

Wie soll ich das bloß Lucas erklären.

Kurze Zeit später steht Tom neben mir und sieht mich besorgt an,

„komm Savannah, ich fahr dich heim."

Auf der kompletten Heimfahrt schweige ich. Er parkt das Auto und schaltet den Motor aus.

„Ist Lucas sehr böse auf mich?" frage ich ohne ihn anzusehen.

„Er ist besorgt um dich weil wir nicht wissen was los ist, er meinte seit ihr aus Texas zurück seit verhältst du dich merkwürdig ihm gegenüber. Er glaubt du bist dort deinem Ex über den Weg gelaufen und er hat alte Wunden aufgerissen, oder er will dich zurück und du weißt nicht was du tun sollst, so etwas in der Art."

„Ja so etwas in der Art" antworte ich.

„Und Riley weiß Bescheid weil sie mit dabei war und es mitbekommen hat?"

„Nein sie wusste vorher schon Bescheid, sie kam für die alten Wunden mit."

„MhM dachte ich es mir doch.."

Tom schaut mich mitleidig an,

„sag Lucas bitte es tut mir leid, und danke für den Tanz."

Ich lächle zaghaft. Tom nickt, ich steige aus und gehe nach oben. Es ist so still hier, auf dem Tisch stehen noch die Gläser von heute Mittag, ich ziehe mich um und lasse mich aufs Bett fallen, ich schließe die Augen..

Hallo Alex.. ich hab es versaut, das Tanzfest, ich habe den besonderen Moment zwischen mir und Lucas versaut. Mit dir war alles so einfach. Wärst du doch nur bei mir. Ich vermisse dich Alex..

Ich greife zum Telefon und rufe Sam an

„Hallo Vanni, ist alles Ok?"

„Nein Sam es ist nichts Ok! Seit letztem Jahr ist nichts mehr Ok. Kannst du nicht kommen und ein Weilchen bleiben? Es sind bald Ferien, dann hab ich ein paar Wochen frei. Ich könnte einen alten Freund brauchen."

„Ja Ok, lässt sich sicher einrichten. Ich komme für ein oder zwei Wochen. Ich sag dir vorher noch Bescheid."
„Danke Sam, bis dann."
Ich lege auf und bin etwas erleichtert.

Sonntag morgen bin ich auf dem weg ins Frühstückscafé und denke darüber nach wie ich Lucas am besten gegenüber treten soll. Ich öffne die Eingangstür und gehe hinein. Lucas ist nicht da. Ich bin leicht enttäuscht und setze mich an einen freien Tisch. Die Kellnerin bringt mir meinen Mokka-Latte und ich bedanke mich bei ihr. Ich beobachte die Straße und schaue alle Zwei Minuten auf die Uhr.
„Wartest du auf mich?"
Erschrocken drehe ich mich um. Es ist Lucas mit einer Tasse Kaffee in der Hand. Ich lächle ihn an.
„Ich saß da hinten an der Bar, ich wusste nicht ob du mich sehen willst, aber nach dem du so nervös aus dem Fenster schaust, dachte ich, ich komm rüber."
„Warum sollte ich dich nicht sehen wollen? Es tut mir leid wegen der Aktion auf dem Ball aber es hatte überhaupt nichts mit dir zu tun."
„Gut dann bin ich erleichtert."
Er lächelt mich an und ich frage mich ob er heute immer noch nach Obst riecht.
„Ich muss dann los, ich soll Libby vom Flughafen abholen."
Libby? Hat die keine Freunde, oder wie?
„Libby abholen? Ok," sage ich genervt.
Er grinst mich an, steht auf und beugt sich zu mir runter,
„Eifersüchtig?"
Ich verschütte meinen Kaffee. Peinlich berührt wische ich hastig auf und erhasche noch einen Blick auf Lucas der gerade die Tür öffnet und mich zufrieden angrinst

1:1 für Dich Lucas
Ich hätte jetzt Lust auf einen Multivitaminsaft..

Am letzten Schultag wird nicht mehr viel unterrichtet, die
Schüler können sich sowieso nicht mehr richtig konzentrieren.
Es sind die Sommerferien, und ich unterhalte mich mit meiner
Klasse über ihre Pläne in dieser Zeit. Einige fahren ihre
Großeltern besuchen, einige ans Meer oder nach Europa, einige
bleiben zu Hause. Ich werde auch zu Hause bleiben. Wo soll
ich auch schon hin? Nach Texas? Und außerdem wollte Sam ja
mich besuchen kommen. Es läutet zum Unterrichtende und die
Schüler jubeln bevor sie nach draußen rennen. Ich packe meine
Sachen und wünsche ihnen einen schönen Sommer.
Draußen auf dem Schulhof erwische ich noch Riley, Tom und
Lucas, die sich gerade verabschieden.
„Hi Tom, ich wünsche dir und Amanda schöne 2. Flitterwochen
in Italien."
„Danke Savannah, ich wünsche dir ebenfalls einen schönen
Sommer, was hast du vor? Bleibst du auch zu Hause?"
„Wieso auch? Riley hat doch vor ihre Schwester in Wyoming
zu besuchen?"
Ich sehe Riley an die hastig nickt,
„ja aber erst in 2 Wochen."
„Das weiß ich," sein blick fällt auf Lucas,
„aber Lucas hat vor zu Hause zu bleiben,"
der sich peinlich berührt durch die Haare fährt und auf den
Boden schaut.
„Ah gut. Und was hat Libby so vor?" frage ich in die Runde.
Tom und Riley grinsen sich an, sie haben wohl meinen
Sarkasmus in der Stimme bemerkt.
„Ich werde mich so richtig auf einer Schönheitsfarm
verwöhnen lassen. Mit allem drum und dran," ruft Libby uns

beim einsteigen in ihren Wagen zu.

„So dann wäre das wohl auch geklärt!" meinte Tom und fixiert Lucas, der ihn Vorwurfsvoll anschaut.

Mich würde interessieren was die zwei so ausgeheckt haben.

Zwei Schülerinnen sitzen auf einem der parkenden Autos und beobachten uns, sie tuscheln und kichern.

Worüber kichern sie denn?

„Hi Vanni, ich wusste wenn du nicht zu Hause bist dann bist du noch in der Schule."

Diese Stimme kenne ich doch,

muss strahlen übers ganze Gesicht.

„Sam? Du bist wirklich gekommen,"

renne auf ihn zu und nehme ihn in den Arm.

Riley kommt ebenfalls und umarmt uns beide.

„Sam? Ich wusste nicht das du kommen wolltest. Wie lange bleibst du?"

„Vanni hat mich angerufen, sie wollte den Sommer nicht alleine sein. Ich kann aber nur 2 Wochen bleiben."

„Das trifft sich gut, ich fahre erst in 2 Wochen," flirtet Riley und gibt Sam einen Kuss auf die Wange. Ich lasse Sam los und drehe mich zu Lucas um. Er ist bereits an seinem Auto und winkt mir kurz zu bevor er einsteigt und los fährt. Die Mädchen sitzen immer noch auf der Motorhaube und beobachten uns gespannt. Ich müsste dringend mal auf Toilette und haste den Schulflur entlang.

Oh nein, schon wieder defekt, ich platze gleich.

Die nächste Lehrer Toilette befindet sich ein Stockwerk höher, Das schaffe ich nicht mehr, also beschließe ich, da ja sowieso Schulschluss ist, die Mädchentoilette zu benutzen.

Was für eine Erleichterung.

Die Tür zum Vorraum öffnet sich, ich höre zwei Schülerinnen herein treten,

„hast du gesehen wie sie ihm um den Hals gefallen ist?"
Es scheinen die Mädchen vom Parkplatz zu sein,
„ja ich dachte sie hat keinen Freund."
„Nicht in Atlanta, aber vielleicht da wo sie her kommt,
Fernbeziehung oder so?"
Reden sie etwa über mich?
„Ja möglich, hast du Mr. Daniels Blick gesehen als Ms. Baker
diesem tollen Typen um den Hals gefallen ist?"
Die reden über mich,
„ja hab ich gesehen, armer Mr. Daniels, er sah so traurig aus.
Wie ein kleiner Welpe der Ärger bekommen hat."
„Ja genau. Er tut mir so leid. Ich hatte immer das Gefühl er
steht auf sie. Und sie auf ihn aber sie trauen sich nicht
wirklich."
Er steht auf mich? Wie bitte? Er sah traurig aus?
„So ein Pech aber auch."
Die Tür geht auf. Sie scheinen gegangen zu sein.
Ich verlasse mein Toilettenhäuschen,
endlich,
und gehe nach draußen.
„Wo warst du denn so lange, wir wollen jetzt gehen."
Riley wirkt leicht genervt.
„Ach wir? So so?" kontere ich zurück.
„So gute Laune plötzlich?"
„Ja ich konnte an einem hochinteressanten Gespräch teilhaben,
das meine Pläne für den Sommer etwas geändert haben."
Meine Laune ist wirklich hervorragend!?
Er steht auf mich!
„Natürlich erst wenn ihr beide weg seit, so in 2 Wochen? War
das doch?"
„Ja in 2 Wochen," antwortet mir Riley skeptisch und ich hake
mich bei Sam ein.

„Wollten wir nicht gehen?"
Er steht auf mich

Die 2 Wochen vergehen wie im Flug. Es war schön Sam um
mich zu haben, wenn ich ihn auch mit Riley teilen musste.
Lucas habe ich in der Zeit kaum gesehen, und jedes mal wenn
ich ihm Sam vorstellen wollte, war er plötzlich verschwunden.
Einmal traf ich ihn im Eiscafé, er war, denke ich froh mich zu
sehen, und ich setzte mich zu ihm.
„Na Vanni? Lange nicht gesehen?" fing er ein Gespräch an,
„wie geht's es dir denn so? Du siehst glücklich aus?"
„Vanni? So nennt mich nur meine Mutter," scherzte ich.
„Ach wie deine Mutter sieht dieser Kerl gar nicht aus?"
Ich musste lachen,
„sind sie etwa Eifersüchtig, Mr. Daniels?"
Verlegen schaute er mich an als würde er überlegen was er
antworten solle. Gerade als ich ihm sagen wollte wer Sam ist,
da musste er plötzlich weg, und sprang auf als wäre er auf der
Flucht. Mag auch daran liegen das Sam und Riley gerade um
die Ecke kamen.
„Hi Lucas, bleib doch noch," hielt Riley ihn auf.
„Nein ich hab noch eine Verabredung. Viel Spaß euch noch."
Er schaute Sam verachtend an und ging.

Ich bringe Sam zum Flughafen und er versprach mir bald
wieder zu kommen.
„Ja klar, Riley freut sich sicherlich," gebe ich spöttisch zurück.
Riley hatten wir einen Tag zuvor zum Flughafen gebracht und
sie hingen die ganze Zeit wie angewachsen zusammen.
„Ich mag sie wirklich gerne Vanni."
„Das weiß ich doch, Sam," umarme ihn zum Abschied und
wünsche guten Flug.

Auf dem nach Hause Weg beschließe ich mein neues wissen über Lucas, das ich damals mitanhören musste, zu nutzen um endlich nach vorne zu sehen. Versteht mich nicht falsch, ich liebe Alex. Ich werde ihn immer lieben, aber Sam und Riley haben recht. Ich muss nach vorne schauen und ein neues Glück finden und ich glaube ich will Lucas. Nein ich weiß ich will Lucas. Nur ist das gar nicht so leicht. Jedes mal wenn ich mir einen Plan zurecht gelegt habe und dann vor Lucas stehe und er mich anlächelt, bekomme ich keinen Ton heraus geschweige den schaffe ich es ihn nach einem Date zu fragen.
Riley und Tom sind im Urlaub. Ich bin auf mich alleine gestellt.
Oh je wie stelle ich das bloß an.
Ich gehe zum Kühlschrank um mir etwas zum trinken zu holen und seufze,
ich muss mir dringend mal was anderes kaufen,
nehme mir einen Multivitaminsaft und setze mich aufs Sofa. Ich weiß nicht wieso aber jedes mal im Supermarkt vor dem Getränkeregal greife ich reflexartig nach den Packungen mit Multivitaminsaft. Ich schließe meine Augen..
Hallo Alex.. ich habe mich heute entschlossen nach vorne zu blicken, ich werde versuchen wieder eine neue Liebe zu finden. Ich hoffe ich kränke dich nicht damit. Mein Herz wird immer dir gehören, aber etwas Platz kannst du ihm doch machen oder?

Die nächsten Tage versuche ich irgendwie Lucas nach einem Date zu fragen, ob im Café, im Dinner, oder als wir uns zum bummeln durch die Stadt getroffen haben. Doch jedes mal ziehe ich es kurz vorher doch nicht durch. Ich stammle dann irgendetwas unverständliches und lass mir schnell was anderes einfallen. Aber heute habe ich mir fest vorgenommen nicht zu feige zu sein. Heute stehe ich vor seiner Tür und starre den Klingelknopf an. Seit 20 Minuten ungefähr. Durch die Tür höre ich den Fernseher laufen. Plötzlich geht das Licht im Flur an und ich bemerke das er Richtung Tür kommt. Ich werde steif, verspüre den Drang mich zu verstecken. Er öffnet und lächelt mich an,

„willst du rein, oder bewunderst du nur die Fliesen im Dunkeln?"

„Woher wusstest du das ich draußen stehe?"

Er zeigt auf den gegenüberliegenden Eingang,

„siehst du dort drüben Mrs. Allen?"

Ich drehe mich um und sehe am Eingangsfenster des Hauses eine ältere Dame die mich ängstlich mustert.

„Sie hat mich angerufen und mir gesagt das eine komische junge Frau seit einer halben Stunde vor meiner Tür steht und meinen Flur ausspioniert."

Ich winke ihr und sie zieht schnell die Vorhänge zu.

„Also willst du rein kommen oder soll ich Mrs. Allen fragen ob sie dir einen Kräutertee kochen kann und dir eine Decke bringen?"

„Hast du denn keinen Kräutertee?" frage ich und er muss lachen.

„Jetzt komm schon rein, Savannah."

Soll ich wirklich rein? Jetzt kneif nicht schon wieder Savannah.

Ich betrete die Wohnung und laufe in Richtung Wohnzimmer. Lucas läuft hinter mir her und ich spüre seinen Blick auf meinem Po.

Vielleicht habe ich es aber auch im Spiegel gesehen.

Ich setze mich aufs Sofa und Lucas bringt mir einen Kräutertee.

„Haha sehr witzig" necke ich ihn.

„Also? Was führt dich zu mir?"

„Ich wollte dich, ich meine ich, ja was eigentlich, ähm ja ich, naja.."

Seht ihr jetzt was ich meine?

„mir war langweilig."

Mir gehen langsam die Ausreden aus,

„aha, langweilig? Na dann" lächelt er mich an und ich weiß genau das er es mir nicht abgekauft hat. Ich habe es natürlich nicht noch einmal versucht.

Als Riley wieder da ist treffen wir uns zum Essen und ich erzähle ihr von meinen peinlichen Auftritten bei Lucas.

„Oh man Savannah, echt jetzt? Das ist ja voll peinlich. Das tut mir wirklich leid."

„Ja ich weiß und ich habe es den ganzen Sommer über nicht geschafft und Montag geht die Schule wieder los, Libby ist auch wieder in der Stadt und schlängelt um ihn herum, da fällt mir ein, warum hat sie nicht so Probleme Lucas nach einem Date zu fragen?"

Ich stochere wütend im Salat und versuche die Tomate aufzuspießen. Riley sieht mir dabei zu,

„die Tomate kann aber nichts dafür" versucht sie mich zu beruhigen.

„Vielleicht sollte ich ihm einfach ein Bier spendieren, dann darf ich wenigstens mal seine Hand halten" spotte ich und esse die Tomate.

Riley fängt an zu lachen. Ich muss schmunzeln.

Ich kann mich nicht erinnern das es mir jemals so schwer viel einen Jungen nach einem Date zu fragen, selbst bei Alex war es leichter. Ich ging einfach auf ihn zu und fragte ob wir ins Kino wollten aber nicht als Freunde sondern als Date. Er sah mich erst erschrocken an und sagte dann aber,

„klar warum nicht, ich weiß zwar nicht was da anders sein soll
als sonst, aber wenn du willst?"
„Der Abschiedskuss," neckte uns Sam.
Und Alex meinte
„wenn es dir nur um denn Kuss geht, dann brauchen wir kein
Date vorher."
Er beugte sich zu mir und küsste mich. Es war ein toller,
leidenschaftlicher Kuss und ich höre heute noch Sam`s
Kommentare über unsere spontane Knutscherei.

Am Montag ist noch Schulfrei, aber nur für die Schüler. Die
Lehrer sollen zur Vorbesprechung anwesend sein. Da wird uns
die Klasse zugeteilt und der Unterrichtsstoff gegeben, damit
wir wissen welcher wichtig für die Benotung ist und welcher
nebenbei läuft. Ich sitze in meinem neuen Klassenraum und
richte mich gerade ein, als ich höre wie Mr. Porter und Lucas
sich auf dem Flur unterhalten.
„Mr. Daniels ich weiß das ist eigentlich Dorothea´s Aufgabe,
aber sie hat einen bösen Husten und bleibt noch eine Woche zu
Hause und ich bräuchte die Akten aus dem Keller der neuen
Schüler die morgen eintreffen. Ich hab leider überhaupt keine
Ahnung über ihr Aktensystem da unten."
Er lacht laut auf,
„wären sie so freundlich mal zu schauen ob sie etwas finden?"
„Ja natürlich Mr. Porter ich gehe gleich runter."
Er geht in den Keller? Meine nächste Chance.
Ich warte noch etwa 5 Minuten und mache mich auf dem Weg
nach unten. Lucas durchsuchte bereits die Aktenschränke als er
mich sah,
„Hi Savannah, brauchst du etwas bestimmtes?" fragt er und
zieht Ordner aus dem Schrank.
„Nein ich brauche, ähm ich wollte nur,"

ich bin total nervös und merke das ich wieder Rot werde.

Lucas kommt auf mich zu.

„Ja?"

„Ich wollte, ähm, ich..,"

stammle ich vor mich hin und mir fällt es schwer ihn anzusehen. Er kommt noch näher an mich heran, ich gehe einen Schritt zurück und werde von der Wand gebremst. Lucas rückt noch näher und ich kralle mich an der Wand fest. Mittlerweile steht er so nah bei mir das ich ihn atmen hören kann. Seine Knie berühren meine, mein Herz rast. Er hält die Akten hinter seinen Rücken und kommt noch näher. Seine Stirn berührt meine und ich spüre wieder seinen Atem auf meinen Lippen. Wieder rieche ich seinen Duft.

Oh Gott wie gerne würde ich ihn jetzt küssen.

Er kommt näher Richtung meines Ohres und flüstert,

„wenn du mit mir ausgehen willst, dann brauchst du nur zu fragen."

Genau dass versuche ich doch die ganze Zeit.

Ich hole tief Luft. Lucas läuft Richtung Treppen,

„ich wollte nur einen Tacker holen!" rufe ich ihm nach und halte einen Tacker in die Luft.

Ohne sich umzudrehen winkt er mir zu.

Einen Tacker holen? Einen Tacker? Das ist ja wie
-ich habe die Wassermelonen getragen-

Erst jetzt verstehe ich den Sinn hinter diesem Satz.

So hat sich Baby also gefühlt als sie diesen Spruch sagte, ist ja grauenhaft.

Ich stelle den Tacker zurück und gehe nach oben. Als ich am Sekretariat vorbei laufe, sehe ich Lucas und Mr. Porter die sich über die Akten unterhalten. Ich halte kurz inne doch als Lucas mich sieht, fängt er an zu grinsen und zwinkert mir zu. Ich drehe mich und renne dabei Tom um den Haufen.

„Hoppla Savannah, nicht rennen auf dem Schulflur" scherzt er.
Ich packe meine Tasche zusammen und muss dabei an die
Situation im Keller denken. Eiskalt läuft es mir den Rücken
herunter und ich bekomme Gänsehaut.
„Lucas hast du nicht Lust" höre ich Libby auf dem Flur,
„mit mir noch was Essen zu gehen?"
Warum fällt ihr das nur so leicht?
Bevor er ihr antworten konnte, stehe ich am Türrahmen,
„tut mir leid Libby, er geht schon mit mir was essen, ich wäre
dann soweit, kommst du?"
Lucas lächelt mich erstaunt an, winkt Libby zu und folgt mir.
„Ist das deine Art mich nach einem Date zu fragen?"
Ich zwinkere ihm zu,
„wieso Date? wir gehen doch nur Mittagessen?"

Zu Hause angekommen fühle ich mich wirklich großartig.
Lucas und ich hatten zwar kein richtiges Date, aber es war ein
Anfang. Er hielt mir die Tür auf, bestellte für mich mit,
erzählte mir von seiner Mutter und seinem Jüngeren Bruder,
wir teilten uns einen Nachtisch und er bezahlte die Rechnung.
Der Unterschied zu einem Date? *Der Abschiedskuss.*
Ich mache es mir auf dem Sofa bequem und schaue Dirty
Dancing. Doch ich schaffe es nicht weit..
Ich habe die Wassermelonen getragen,
spricht Baby aus dem Fernseher. Ich fange an zu kreischen und
drücke mir ein Kissen vors Gesicht.
Einen Tacker? Ein Tacker..
schalte den Fernseher aus und schließe die Augen..

Hallo Alex.. heute habe ich zum ersten mal verstanden was genau Baby meinte als sie die Wassermelonen trug, nur ich wollte einen Tacker. Ich kann ab sofort kein Dirty Dancing mehr schauen. Zumindest nicht weiter wie eben zu dieser Szene. Ich hab es immer noch nicht zu einem richtigen Date geschafft, aber ich war Nah dran.. Alex ich Liebe dich

In dieser Nacht habe ich zum ersten mal von Lucas geträumt...

Kapitel 6

Ich lehne mich an die Wand, Lucas´ Hände umklammern meine Hüfte, langsam gleitet er unter mein Shirt und schaut mir tief in die Augen. Ich beuge mich nach vorne und küsse ihn, meine Hände halten seine Jeans fest. Seine Zunge kreist mit meiner Zunge und ich spüre seine Finger auf meiner nackten Haut. Ich öffne seine Hose und halte seinen Po. Er drückt sich näher an mich, seine Hände halten meinen Busen fest. Ich stöhne kurz auf. Lucas küsst meinen Hals, meine Schultern, mein Dekolletee.. ich vibriere innerlich.
Dann klingelt mein Wecker..

Die Tür zum Pausenraum steht offen und ich höre wie Lucas und Tom sich unterhalten,
„also hat sie sich den ganzen Sommer über nicht getraut dich zu fragen?"
„Nein aber sie hat es versucht, sie kam immer mit einer Ausrede zu mir und stammelte dann irgendetwas vor sich hin und redete sich dann doch wieder heraus."
„Und warum fragst du nicht einfach sie?"
„Weil es einfach urkomisch ist ihr dabei zuzusehen."
Beide fangen an zu lachen.
So du findest das also amüsant.
Ich betrete den Raum,
„Guten Morgen Savannah, wie geht es dir heute?"
grinst Tom mich an.
„Gut. Warum fragst du?" stelle ich als Gegenfrage und versuche mir nicht anmerken zu lassen das ich ihr Gespräch belauscht habe.
„Nur aus Langeweile," gab er zurück und verlässt den Raum.
So die Geschichte mit Mrs. Allen kennt er also auch schon.

Ich schaue Lucas an der mich mit einer Tasse Kaffee in der Hand, mit diesem Welpe-blick im Gesicht, angrinst. Sofort muss ich an meinem Traum denken und mir wird ganz Heiß.
„Oh Gott, mittlerweile kann er dich ja nicht mal mehr ansehen ohne das du Rot wirst?"
Erschrocken drehe ich mich um und sehe Libby am Tisch sitzen.
Sitzt sie schon die ganze Zeit da? Hat sie Tom und Lucas' Gespräch auch gehört? Weiß sie von meinen jämmerlichen Versuchen?
„Ihr solltet es endlich hinter euch bringen. Ich kann euch eine entzückende Pension empfehlen," spottet sie uns an.
Eifersüchtig, Libby?
„Nein danke Libby, und ich weiß nicht was du meinst?" versuche ich mich herauszureden.
„Ja wie auch immer, sagt mir einfach Bescheid wenn ihr endlich Sex hattet."
Sicher!? Du bist die Erste!
„Wer hatte endlich Sex?" Riley betritt den Raum.
„Lucas und Savannah," meint Libby beiläufig beim hinauslaufen.
„Ihr hattet Sex?? und du hast es mir nicht erzählt Savannah? Libby weiß es VOR mir? Ich dachte wir wären Freunde?" sprudelt es aus Riley heraus.
„Beruhige dich, wir hatten keinen Sex. Libby´s Phantasie geht mal wieder mit ihr durch," stelle ich klar.
Lucas läuft an mir vorbei und flüstert *„Noch nicht.."*
Sofort werde ich wieder rot und er lacht.
„Was hat er gesagt?" will Riley neugierig wissen.
Ich nippe an meiner Kaffeetasse und schmunzle vor mich hin.

Heute ist es heiß. Es ist zwar schon September, aber ich habe

das Gefühl als wäre es wieder Mitte Juli. Die Schüler können sich kaum konzentrieren und es scheint als ist die Klimaanlage defekt. Ich habe heute die Pausenaufsicht im Essensraum. Hier ist es noch heißer als in der Klasse. Zum Glück sitzen die meisten Schüler im Hof. Dort kommt es einem deutlich kühler vor. Ich setze mich an einen freien Tisch und beobachte die Kids während ich mein Sandwich esse. Am Nachbartisch sitzen die zwei Mädchen denen Gespräch ich damals unfreiwillig auf der Toilette mitangehört habe. Sie schauen rüber zum Sportplatz und tuscheln aufgeregt. Ich versuche zu lauschen. „Ja ich sehe es, oh Mann, diese Bauchmuskeln, wenn er jetzt sein Shirt auszieht, fange ich an zu schreien."
Ich schaue ebenfalls kurz rüber und rechne eigentlich damit einen der Schüler zu sehen der sein Shirt ausziehen will.
Zu meinem Erstaunen sehe ich am Rand des Sportplatzes Tom und Lucas stehen. Lucas wischt sich mit seinem Shirt den Schweiß aus dem Gesicht. Ich erkenne ebenfalls seinen nackten Bauch.
Ja ich fange auch gleich an zu schreien.
„Los zieh es aus. ausziehen bitte..!" höre ich das andere Mädchen.
Ja bitte zieh es aus.
Ich fühle mich wie eins dieser Mädchen.
Reise dich bitte zusammen, du bist keine 16 Jahre mehr.
Ich räuspere mich. Keine Reaktion. Ich räuspere mich nochmal, diesmal etwas lauter.
Die Mädchen reagieren und schauen mich an. Ich schüttle meinen Kopf.
„Tut uns leid Ms. Baker, aber sie wissen ja aus eigener Erfahrung das Mr. Daniels ein Sahneschnittchen ist. Nur im Gegensatz zu ihnen dürfen wir nur schauen."
Sie klatschen sich ab, und widmen sich mit ihren Phantasien

wieder Lucas zu.

Anscheinend hat Lucas bei den Schülerinnen auch die eine oder andere Verehrerin.

„Du scheinst noch mehr Konkurrenz zu bekommen?"
Riley setzt sich zu mir an den Tisch.

„Aber nicht doch Ms. Thompson, wir doch nicht. Er hat doch nur Augen für Ms. Baker!"
scherzen die Mädchen. Riley lacht mich an und ich werde wieder Rot.

„Wenn wir das so sagen dürfen Ms. Baker, wir haben es die ganze Zeit beobachtet, und glauben sie uns wir beobachten Mr. Daniels oft, jedes mal wenn er sie sieht wird er verlegen. Leicht nervös wenn man es genau nimmt, und das er mit ihnen flirtet ist uns auch schon aufgefallen."
Das andere Mädchen nickt die ganze Zeit über während ihre Freundin mir diese Story ihrer Erkenntnis erzählt.

„Und sie mögen Mr. Daniels auch. Das ist uns ebenfalls aufgefallen," hängt das nickende Mädchen dran.

„Wann gehen sie mal mit ihm aus? Oder waren sie das schon? Kann er gut küssen? Ich bin mir sicher er kann gut küssen!"
„Also jetzt ist Schluss Mädchen, das geht euch gar nichts an," wirft Riley ein.

Die Mädchen entschuldigen sich und wenden sich wieder Lucas zu. Er läuft inzwischen in unsere Richtung und ich kann erkennen das sein T-Shirt total nass geschwitzt ist. Es klebt regelrecht an seinem Körper, und lässt seinen Oberkörper durchblicken. Als er bei den Mädchen vorbei läuft, hört man ein kleinen Seufzer von den zwei. Lucas schaut sie an und lächelt. Sie kichern und kopfschüttelnd setzt er sich zu uns.

„Du solltest dein T-Shirt wechseln, sonst flippen die Mädchen noch aus," fängt Riley an.

Er schaut nach hinten über die Schulter hinweg zu den

Mädchen, sie winken.

„Geht´s euch gut? Oder soll ich euch wieder mit dem Schlauch abspritzen?"

Libby steht vor den Mädchen. Sie schütteln eifrig den Kopf, packen ihren Abfall zusammen und verlassen den Pausenhof.

„Das hast du nicht wirklich schon mal gemacht, oder?" frage ich sie erstaunt.

„Doch! Aber da stierten sie nach dem Quarterback auf dem Footballfeld während des Sportunterrichtes,"
sie wirft Lucas einen zwinkerten Blick zu und geht ebenfalls wieder in das Schulgebäude.

Am kommenden Wochenende findet für Tom eine Geburtstagsparty statt und er hat uns alle eingeladen. Bei ihm zu Hause. Die Stimmung ist schnell auf dem Höhepunkt und der Alkohol fließt in strömen. Ich habe einen leichten Schwips und werde viel lockerer als sonst. Vielleicht trinke ich mir aber auch nur Mut an um Lucas endlich nach einem Date zu fragen.

„Ich frag ihn jetzt!"

„Bist du sicher?" hakt Riley nach,

„Ja bin ich, glaube ich zumindest, jetzt oder nie,"
und trinke noch einen Baileys auf Ex. Riley wünscht mir Glück und ich mache mich auf die Suche nach Lucas. Er ist wie nicht anders zu erwarten gerade mit Libby in ein Gespräch vertieft. Sie sitzen auf dem Sofa nebeneinander und sie streichelt seinen Rücken.

Hier kannst du ihm kein Bier spendieren, hier sind die Getränke umsonst.

Ein Bier! Gute Idee! Ich hole ein Bier aus der Küche und gehe wieder Richtung Libby und Lucas.

„Na ihr zwei? Über was unterhaltet ihr euch gerade?" frage ich und strecke Lucas die Flasche hin.

79

„Ach nur über die nächste Klausur der Schüler und die Theateraufführung der Middlescool,"
meint Libby.
„Achso ich dachte es wäre was wichtiges," sage ich und setze mich dabei auf Lucas′ Schoß.
Er verhält sich dabei wie wenn es selbstverständlich wäre dass ich das tue, wie wenn ich das öfters machen würde und legt seine Hand um meine Hüfte. Sofort sehe ich die Situation von damals vor mir als Libby auf seinem Schoß saß, damals auf dem Tanzfest. Ich starre Libby an die mich wütend anschaut und lecke Lucas′ über den Hals immer noch den Blick auf Libby gerichtet. Ohne Worte steht sie auf und stampft wütend davon.
„Prost Libby," rufe ich ihr hinterher und fange an zu lachen.
Lucas lacht ebenfalls und schüttelt den Kopf.
Das hat gut getan.
Tom und Riley setzen sich zu uns und wir lauschen ihm und seiner Frau, die uns von ihrem Italienurlaub erzählen. Ich höre so gespannt zu,
ich wollte auch mal nach Italien oder nach Paris,
dass ich gar nicht mitbekomme wann genau Lucas′ angefangen hat meine Hand zu halten.
Ich bemerke nur das sich unsere Finger ineinander verschlingen. Mir wird mollig warm. Trotz all dem schaffe ich es wieder nicht ihn zu fragen, was mich den ganzen nach Hause Weg beschäftigt. Lucas fuhr eine halbe Stunde vor mir los, müsste also bereits zu Hause sein. Ich signalisiere dem Taxifahrer dass er eine neue Adresse anfahren soll und lehne mich zurück. Bei Lucas angekommen, vergewissere ich mich erst ob mich Mrs. Allen wieder beobachtet. Die Wohnung ist dunkel. Gut. Ich klingle. Er scheint noch wach zu sein denn ich sehe Licht aus dem Wohnzimmer scheinen.

„Savannah? Was machst du denn hier?"

„Darf ich erst mal rein? Ich will ja nicht das Mrs. Allen aufwacht."

Er lässt mich rein,

„ich wollte dich was fragen.."

Lucas fängt auf der Stelle an zu lachen und fährt sich durch die Haare.

„Sicher Savannah? Sicher das du nur nicht schlafen kannst oder so etwas?"

„Ja ich bin mir sicher, also sei still."

„Ok bitte, frage mich," meint Lucas und setzt sich auf die Sofakante.

„Ich wollte dich fragen ob du, ich meine ob du vielleicht, na ja ob du..?"

Er lächelt mich mit seinem Welpen-blick an.

Scheinbar amüsiere ich ihn wieder.

Ich gehe auf ihn zu und küsse ihn. Er erwidert meinen Kuss. Ich schubse ihn auf das Sofa und lasse mich auf ihn fallen. Er umklammert meine Hüfte und ich versuche ihm das T-Shirt auszuziehen als er plötzlich aufhört.

„Savannah warte, du bist betrunken," sagt er und hebt mich von sich herunter.

„Ja mag sein, aber zum ersten Mal habe ich keine Angst davor dir Nahe zu sein."

Er scheint sichtbar nervös und versucht sich zu beruhigen.

"Savannah das willst du doch nicht wirklich? Nicht so? Nicht in diesem Zustand?"

„Willst du denn nicht mit mir schlafen?" frage ich, der Alkohol lässt meine Hemmungen komplett fallen. Er kommt auf mich zu, gibt mir einen Kuss auf die Lippen und flüstert,

„natürlich will ich mit dir schlafen, Savannah. Aber nicht so! Nicht heute!"

Ich fühle mich total elend und könnte heulen.

„Eigentlich bin ich ja auch nur gekommen um dich nach einem Date zu fragen?"

Er fängt an zu lachen,

„na also war doch nicht so schwer, oder?"

Ich zucke mit den Schultern.

„Du kannst wenn du willst hier übernachten. Ich schlafe auf dem Sofa dann kannst du im Bett schlafen."

„Danke aber du kannst ruhig auch im Bett schlafen, ich lasse dich auch in Ruhe und werde nichts unanständiges versuchen," scherze ich. Lucas schmunzelt und führt mich ins Schlafzimmer. Ich schlafe sofort ein.

Am nächsten Morgen wache ich durch Kaffeegeruch auf. Ich mache mich auf den Weg in die Küche. Lucas sitzt am Küchentresen und liest Zeitung. Als er mich sieht steht er auf und richtet mir eine Tasse Kaffee.

„Guten Morgen, hast du gut geschlafen?"

„Ja Danke wie ein Baby," antworte ich und trinke einen großen Schluck. Gerade wird mir wieder klar warum ich bei Lucas übernachtet habe und schaue ihn erschrocken an.

„Schon gut Savannah, lass uns einfach nicht mehr darüber reden!" sagt er in seine Zeitung schauend. Ich bin erleichtert.

„Also willst du mich nochmal fragen, oder soll ich das von gestern gelten lassen?"

„Ich dachte wir reden nicht mehr darüber?"

„Ich meinte wegen dem Date, Savannah?"

oh je,

verlegen murmle ich in meine Kaffeetasse,

„willst du vielleicht mal mit mir ausgehen, Lucas?"

„Sehr gerne Savannah."

Mittags bin ich noch mit Riley im Zentrum verabredet und gehe direkt von Lucas aus zum Treffpunkt wobei ich mich etwas verspäte.

„Hallo Riley, entschuldige bitte die Verspätung."

Riley schaut mich skeptisch an,

„hattest du das Kleid nicht gestern Abend schon an?"

Ich schaue an mir herunter,

„ja hatte ich, ich liebe dieses Kleid, warum fragst du?"

„Ich war heute morgen bei dir zu Hause, weil ich früh wach war, und du hast nicht geöffnet."

„Ich habe einen tiefen Schlaf, vor allem wenn ich betrunken schlafen gehe," beantworte ich ihre vorwurfsvollen Fragen.

„Und das soll ich dir jetzt abkaufen?"

Ich seufze,

„ich habe bei Lucas übernachtet," beichte ich.

Sie hält die Hand vor ihren Mund um ihr kreischen zu unterdrücken.

„Nein es ist nichts passiert, jedenfalls nicht dass was du denkst."

„Was denke ich denn?"

„Ich habe nicht mit ihm geschlafen. Er wollte es nicht, weil ich betrunken war und er nicht wollte das wir etwas tun was ich später bereuen könnte."

„Sehr nobel von ihm."

„Ja aber ich habe ihn endlich nach dem Date gefragt," verkünde ich Stolz.

„Endlich!" freut sich Riley.

Weil ich in Texas normalerweise keinen Schnee habe und ich letztes Jahr so gerne im Schnee war, geht Lucas mit mir in die neue Eisbahn die in der Stadt eröffnet hat. Ich war noch nie Eislaufen.

„Ist wie Inlineskatern. Kannst du das, kannst du auch Eislaufen," meinte er.
Ich will es mal glauben. Wie auf rohen Eiern jongliere ich mich auf dem Eis hin und her. Lucas läuft hinter mir und stützt meine Hüfte. Ein paar mal falle ich beinahe hin und kann mich gerade noch an Lucas festhalten. Ich habe einen Riesen Spaß. Als die besseren Fahrer an mir vorbei sausen verliere ich doch noch das Gleichgewicht und stürze zu Boden, dabei reise ich Lucas mit und er fällt auf mich. Ich lache herzhaft und Lucas küsst mich. Alles um mich herum wird still und bewegt sich in Zeitlupe. Aus der Ferne höre ich leises kichern und ich löse mich von seinem Kuss damit ich aufstehen kann. Lucas hilft mir auf. Am Rand der Eisbahn sehe ich die Mädchen stehen die Lucas so gerne beobachten, und winke ihnen zu.
„Deine Fans sind auch hier," sage ich.
„Meine Fans?"
Er sieht die Mädchen,
„oh ja ich verstehe."
„Weißt du das die Zwei total in dich verschossen sind? Sie nennen dich ein Sahneschnittchen," necke ich ihn.
„Ja weiß ich. Sie machen daraus kein Geheimnis. Und glaub mir um so älter sie werden um so schwieriger wird es sie zu unterrichten ohne das zweideutige Kommentare fallen.
Ich musste sie schon zweimal ernsthaft ermahnen es nicht im Unterricht zu tun und ihnen klar machen, dass gewisse Grenzen auch für Schüler an die Lehrer gelten."
Ich bin glücklich, nehme seine Hand und lass mich von ihm übers Eis ziehen.
Am Abend gehen wir noch was essen. Und er bringt mich nach Hause. Ich weiß, wenn er jetzt noch mit nach oben kommen würde..,
heute bin ich nicht betrunken.

Wir stehen vor meiner Tür, Lucas sieht mir tief in meine Augen,
„gute Nacht Savannah, schlaf schön."
„Willst du noch mit nach oben?"
„Wenn ich mit nach oben komme, dann werde ich heute nicht mehr gehen können."
„Genau das ist mein Plan, Lucas!"
Er lächelt verlegen und greift nach meinen Händen,
„gute Nacht Savannah," beugt sich nach vorne und gibt mir einen Abschiedskuss.
Einen langen Abschiedskuss. Ich sehe ihm nach als er zu seinem Auto geht, bis er weg fährt.
Quitsch-vergnügt gehe ich nach oben. Ich muss erst mal Duschen gehen. Nein nicht deswegen, sondern weil mir noch etwas kalt von der Eisbahn ist.
Während ich unter der Dusche stehe, der Wasserstrahl über meinen Kopf läuft und ich das geschehene nochmal durchspiele, muss ich plötzlich an Alex denken. Alex! Ich hab dich schon lange nicht mehr besucht. Ich wickle mich in meinen Bademantel, mache es mir auf dem Sofa bequem und schließe meine Augen..

Hallo Alex.. Ich habe es geschafft. Ich hatte heute mein Date. Es war toll Alex. Wir waren Eislaufen. Es hätte dir auch gefallen. Schnee ist herrlich. Ich bin neu verliebt Alex. Ich denke es wird Zeit ihm von dir zu erzählen. Ich vermisse dich Alex.

Ihm von Alex erzählen. Ich denke es wird Zeit.

„Ich werde Lucas von Alex erzählen."
Riley und ich sitzen in einem Eiscafé.
„Bist du sicher? Ist es zwischen euch schon so Ernst?" sieht sie mich erstaunt an.

„Ja. Es wäre unfair es nicht zu tun. Selbst wenn es zwischen uns nicht funktioniert, wäre es nicht richtig es nicht zu tun. Er wird immer nur der 2. Mann in meinem Leben sein und ich finde er hat das Recht dazu zu wissen warum."

„Und wann willst du es ihm sagen?"

„Wenn er das nächste mal bei mir zu Hause ist. Ich weiß nur noch nicht wie ich es am besten anfangen soll. Meinst du er wird es verstehen? Wird Lucas mich dann immer noch lieben?"

Ich habe etwas Angst davor es ihm zu erzählen.

„Ich bin mir sicher das wird er. Warum sollte er nicht? Ich hab ihm ja gesagt wenn du so weit bist, dann wirst du ihm alles erzählen, und du scheinst so weit zu sein,"

spricht mir Riley Mut zu. Ich nicke zufrieden und esse ein großes Stück von meinem Bananensplitt.

Heute habe ich kein Unterricht im Kunstraum. Die Mehrheit meiner Schüler haben heute den ganzen Tag Generalprobe für ihr Theaterstück. Also habe ich vor ein bisschen im Hof die letzten Sonnenstrahlen zu genießen. Ich könnte auch nach Hause gehen, aber was sollte ich dort? Riley und Lucas haben noch Unterricht und ich würde mich nur langweilen. Libby hat gerade Sportunterricht. Ich setze mich an den Rand des Sportplatzes und winke ihr zu. Sie scheint nicht besonders begeistert zu sein das ich ihr zu schaue. Sie lässt die Mädchen eine Runde im Kreis laufen, und kommt auf mich zu.

„Savannah? Was willst du denn hier?"

„Ich habe frei, und wollte dir ein bisschen zusehen. Stört dich das etwa?"

„Mich wundert nur dass du mir zu sehen willst? Wir sind ja nicht gerade die besten Freunde. Hat Riley keinen Platz in der Klasse?" giftet sie mich an,

„oder Lucas? Er hätte es doch sicher gerne wenn du in der

Klasse sitzt. Oder will er es nicht, weil er keine Ablenkung gebrauchen kann?"

„Schon gut Libby, du brauchst nicht gleich so gemein sein!" sage ich leicht gekränkt.

Sie dreht sich um und Pfeift die Mädchen zurück.

„Nicht beleidigt sein Ms. Baker."

Eine Schülerin sitzt auf der Bank,

„Ms. Masterson ist etwas gereizt seit sie gehört hat wie Hannah und Alyssa uns erzählt haben, dass sie und Mr. Daniels auf der Eisbahn geknutscht haben," lächelt sie mich an.

„Oh?" antworte ich leicht verlegen.

Alyssa und Hannah scheinen die Fans von Lucas zu sein die uns gesehen hatten

„Ja sie lässt uns den ganzen Tag schon im Kreis rennen oder irgendwelche Situp's durchführen. Ich sitze hier weil ich einen Krampf vorgetäuscht habe. Dabei können wir doch nichts dafür. Wir haben euch ja nicht gezwungen euch zu küssen."

Sie verdreht die Augen.

„So schlimm?" frage ich und das Mädchen nickt.

„Ich rede mal mit ihr. Ich sage ich hätte das beobachtet. Damit du kein ärger bekommt."

Sie strahlt mich an,

„danke Ms. Baker, sie sind die Beste. Und wenn ich das sagen darf, wir finden sie und Mr. Daniels seit ein schönes Paar. Und wir sind froh das unser Sahneschnittchen nicht bei Ms. Masterson gelandet ist."

Ich muss lachen.

„Libby, warte bitte mal," passe ich sie nach dem Unterricht ab,

„was willst du?" keift sie mich an.

„Findest du nicht dass du die Mädchen etwas zu hart trainieren lässt?"

„Willst du mir etwa sagen wie ich meinen Unterricht leiten soll? Ich sag dir doch auch nicht wie du die Schüler malen lassen sollst."

„Darum geht es doch nicht, Libby. Du bist sauer wegen mir und Lucas und lässt deinen Frust an den Kids aus."

„Du denkst es geht immer nur um dich und Lucas. Es ist mir scheiß egal, das mit dir und Lucas," schreit sie mich an, „ihr könnt tun und lassen was ihr wollt, ihr seit Alt genug und braucht meine Zustimmung nicht."

Als würde ich sie um Erlaubnis fragen.

„Libby du brauchst nicht so zu schreien. Ich weiß das es dich kränkt, dass Lucas sich mit mir und nicht mit dir eingelassen hat. Aber ich kann es nicht ändern. Es ist halt passiert."

Sie fängt an zu lachen,

„halt passiert?! Hört sich gut an. Das selbe hat Lucas damals zu mir gesagt nach dem ich ihn und Sarah zusammen erwischt habe."

Sarah? Wer ist Sarah?

„Schon ok Savannah, du brauchst nicht so mitleidig zu schauen, ich weiß wann ich verloren habe, schon wieder!"

Schon wieder?

„Aber pass auf das du nicht in ein paar Jahren merkst dass Lucas doch nicht der Richtige für dich ist und dir irgendetwas im Leben fehlt. So was hat er nicht verdient."

Das habe ich doch schon mal irgendwo gehört?

„Wer ist Sarah?" frage ich Riley als wir nach der Schule auf dem Schulhof auf Lucas warten.

„Wie kommst du jetzt auf Sarah?"

Sie sieht mich verwundert an,

„ich habe mich mit Libby unterhalten," antworte ich mit einem fragenden Blick.

„Sarah ist Lucas´ Ex. Sie waren 5 Jahre liiert," fängt sie an zu erzählen.

„Sie war Libby´s beste Freundin und wohnte auch hier in der Stadt. Libby hatte die beiden vorgestellt. Lucas war neu an unserer Schule angestellt und gerade aus Boston hergezogen. Libby war damals schon in Lucas verknallt. Ich schätze vom ersten Moment an," sie lacht kurz auf,

„ich weiß nichts genaueres, ich weiß nur dass Libby Sarah die Freundschaft kündigte, nach dem sie Lucas verlassen hatte."

Ja genau, Lucas hat mir von seiner Ex erzählt, aber nicht das sie Libby´s Freundin war!

Ich sehe Lucas freudestrahlend die Treppen herunter, direkt auf mich zu laufen. Bei uns angekommen nimmt er mich in den Arm und küsst mich. Ich höre Applaus und löse mich von ihm. Ein paar der Schüler stehen um uns herum und applaudieren uns zu. Sie pfeifen und jubeln. Lucas greift meine Hand und wir gehen zum Auto. Ich steige ein, die Kids applaudieren immer noch und ich kann Libby zwischen all den Schüler stehen sehen die uns traurig nachschaut.

„Alles ok?" fragt Lucas.

„Libby! Sie tut mir leid. Ich fühle mich wie wenn ich ihr den Freund weg genommen hätte."

Lucas sagt nichts, er sieht zu Libby herüber und lässt den Motor an.

Kapitel 7

„Ich habe ein schlechtes Gewissen Libby gegenüber."
Riley, Lucas, Tom, seine Frau und ich sitzen in der Bar und
feiern ein bisschen.
„Wieso das denn?" fragt Tom verwundert,
„Savannah meint sie hätte Libby den Freund weggenommen,"
wirft Lucas ein bevor ich antworten konnte.
„So ein Quatsch. Dann müssten die Zwei ja erst mal ein Paar
gewesen sein und das waren sie doch nicht. Oder? Lucas?"
Riley sieht Lucas fragend an.
„Nein waren wir nicht. Nur Freunde," meint Lucas,
„ohne gewisse Vorzügen" und sieht mich dabei an.
„Kein Sex, kein Küssen, kein Fummeln," stellt er klar.
„Nur Händchen halten ab und zu..," kommt von Riley,
„aber nur wenn sie ihm eine Flasche Bier spendiert hat,"
ziehe ich nach.
Riley und ich fangen an zu lachen und Prosten uns mit der
Flasche zu. Tom und Amanda grinsen Lucas an und Lucas
zuckt nur mit den Schultern und trinkt ein Schluck Bier.

Ich sitze gerade zu Hause auf dem Sofa und schaue mir einen
Spielfilm an als es plötzlich bei mir Sturm klingelt.
„Sanannnnnaaaa, Sanannnnnaaaa," ruft jemand von unten.
Ich schaue aus dem Fenster.
„Libby? Was soll das Theater?"
„Sananahh mach auf," schreit sie nach oben. Ihr gepolter hört
man durch den ganzen Hausflur.
„Libby bitte leiser."
„Sananahh, warum so spießig?" torkelt sie in meine Wohnung.
„Bist du betrunken Libby?"
„Naaain, Sananahh! Ok vielleicht ein büüschen!" kichert sie.

„Was willst du Libby?" ich wirke leicht genervt.
Libby lässt sich auf das Sofa Plumpsen.
„Ich liebe Lucas, Sananahh,
das weiß ich Libby,
„ich habe ihn schon immer geliebt. Und jetzt hab ich ihn schon
wieder verloren, Sananahh."
„Libby verloren hat man etwas das man auch besessen hat"
antworte ich ihr,
„und du hast Lucas nicht besessen, ihr wart kein Paar."
„Noch nicht, aber wir waren auf dem Weg da hin, Sananahh.
Doch dann bist du aufgetaucht und er hat sich in dich verliebt.
Schon als du die Tür rein kamst, hatte er sich in dich verliebt.
Ich habe es in seinen Augen gesehen, wie ein Engel sahst du
aus. Mit deinen blonden Locken und dem weißen Kleid, hat er
gesagt."
Wann hat er das gesagt?
Sie fängt an zu weinen und ich weiß nicht recht was ich jetzt
tun soll. Ich bringe ihr erst mal Taschentücher.
„Soll ich dir einen Kaffee kochen?" frage ich nach einer Weile.
Sie nickt.
„Geht´s dir jetzt besser? frage ich nach dem Libby ein paar
Schluck getrunken hatte.
„Ja tut mir leid. Ich benehme mich wie ein kleines Kind. Ich
sollte jetzt gehen."
„Nein Libby du kannst hier übernachten. Du kannst auf dem
Sofa schlafen," sage ich und mach ihr bereits Platz.
„Was ist denn das?"
Sie hält den Flamingovorhang in die Höhe.
„Ähm, das ist, äh das ist Alex," sage ich leicht nervös.
„Alex? Du gibst deinen Decken Namen? Und ich dachte ich
wäre verrückt."
„Ja Libby, wir haben alle unsere Macken."

Sie deckt sich mit dem Vorhang zu und schläft schon fast ein.
„Gute Nacht Sananahh, gute Nacht Alex," kichert Libby bevor
sie ganz eingeschlafen ist.
Gute Nacht Alex..
Es klingelt erneut,
bin ich beliebt heute Abend,
es ist Lucas.
„Hallo süße, ich wollte..."
„Pssst" unterbreche ich ihn,
„warum pssst?" flüstert er. Ich zeige auf Libby.
„Sie kam betrunken hier an und erzählte irgendwas von ich
liebe ihn, und ich hab ihn verloren. Ich habe sie beruhigt und
sie ist eingeschlafen."
„Oh, ok. Dann sollte ich wohl besser wieder gehen?"
„Ja solltest du."
Ich küsse Lucas und schiebe ihn die Tür hinaus.
„Ich melde mich morgen wenn Libby wieder nüchtern ist und
mir vorwürfe macht, ich wäre schuld das sie sich so elend
fühlt."
Lucas gibt mir nochmal einen flüchtigen Kuss und geht.

Am nächsten Morgen sitzt Libby total verkatert an meinem
Küchentisch. Ich lächle sie zaghaft an.
„Du brauchst nicht so zu grinsen, Savannah. Ich weiß nicht was
genau ich dir gestern erzählt habe, aber es ändert nichts an der
Tatsache das ich dich nicht leiden kann."
„Also erstens grinse ich dich nicht an, und zweitens hast du
mich nur beleidigt gestern. Weißt du denn nichts mehr?"
„Nur ein wenig. Bruchstückhaft."
Sie schaut auf das Sofa,
„Ich weiß noch das deine Decke Alex heißt."
„Ähm, ja. Und das mit Lucas?" frage ich in der Hoffnung sie

erzählt mir von dieser Engel-Geschichte.

„Oh ja?! Ich schätze ich hab die Nachricht über euch doch nicht so leicht verkraftet. Warst du schon mal verliebt, Savannah? Und damit meine ich jetzt nicht Lucas. Ich meine vor Lucas? Warst du da schon mal verliebt, und dieser Mann hat deine Liebe nicht erwidert. Du musstest mitansehen wie dieser Mann mit deiner besten Freundin zusammen kommt? Und wäre das nicht schlimm genug, versuchst du über ein Jahr lang, ihn nach der Trennung, für dich zu gewinnen, und er verliebt sich in die neue Kollegin?"

Ich schüttle den Kopf,

„nein Libby nicht so. Ich war schon mal verliebt. Er liebte mich auch. Ich weiß aber trotzdem wie du dich fühlst."

„Wenn er dich ebenfalls liebte, wie willst du dann wissen wie ich mich fühle? Hat er dich betrogen? Mit deiner Freundin vielleicht?"

„Nein, Libby, er ist Tod."

Libby sieht mich entsetzt an,

„oh das ist ja furchtbar. Wie ist es Passiert?"

„Autounfall!"

Bitte keine weiteren Fragen.

„Weiß Lucas davon?" hakt sie nach.

„Nein, ich kam noch nicht dazu es ihm zu erzählen. Bitte Libby, auch wenn du mich nicht leiden kannst, überlasse es mir!" Ich flehe sie regelrecht an.

„Ja ja schon gut." winkt sie mit der Hand ab,

„kann ich Duschen gehen?"

„Sicher ich hole dir frische Handtücher."

Als ich ihr die Handtücher bringe, hake ich nochmal nach,

„du hast gestern erwähnt, dass Lucas′ meinte ich wäre ihm wie ein Engel vorgekommen als ich den Pausenraum zum ersten mal betrat?"

„Äh ja, kann sein dass ich das gesagt habe."
Sie grubbelt an den Handtüchern,
„woher weißt du das? Er wird es ja kaum zu dir gesagt haben!"
„Nö, er hat es zu Tom gesagt, und ich habe gelauscht."
Libby wirkt leicht verlegen.
„Am Abend der Tanzveranstaltung. Ich habe die beiden
belauscht."
Sie schließt die Tür zum Badezimmer und ich jubel innerlich.
„Weißt du eigentlich das deine Diele im Schlafzimmer
quietscht?"
Libby sieht wieder aus wie immer. Top gestylt und Aufbruch
bereit.
„Ja weiß ich. Stört mich auch schon die ganze Zeit. Muss ich
mal dringend reparieren."
Ich bringe Libby zur Tür,
„also bis Montag in der Schule."
„Tust du mir ein gefallen Savannah? Bitte erzähle Lucas nichts
hiervon!"
*scheinbar hat sie nicht mitbekommen dass er gestern noch hier
war*
„Nein ich sage nichts."
„Danke Savannah, ich werde Lucas auch nichts von Alex
erzählen," grinst sie mich an.
„Alex?"
„Ja deiner Decke," zieht sie mich auf und zeigt auf den
Vorhang.
„Oh ja Danke!" gebe ich zurück und schließe die Tür.
Ich nehme den Vorhang und falte ihn wieder ordentlich
zusammen, dabei muss ich seufzen.
Ich schließe meine Augen
*Hallo Alex.. das war eine Nacht, was? Ich habe ihr sehr Weh
getan als ich mit Lucas zusammen gekommen bin. Bin ich*

egoistisch wenn ich bei Lucas bleibe und sie muss alles mit
ansehen? Oh Alex.. ich habe ein schlechtes Gewissen

„Hallo Mrs. Allen wie geht es ihnen heute morgen?"
Ich stehe vor Lucas´ Haus. Mrs. Allen gießt gerade ihre
Blumen.
„Ich heiße Savannah und bin die Freundin von.."
„Ja junge Dame ich weiß wer sie sind." unterbricht sie mich,
„sie sind die wo hier immer herum spioniert hat! Ich hoffe Mr.
Daniels hat sich nicht in seine Stalkerin verliebt."
Sie sieht mich skeptisch an.
„Nein Mrs. Allen, ich habe Lucas nicht gestalkt. Ich habe auch
nie hier herum spioniert. Ich habe mich nur nie getraut zu
klingeln," verteidige ich mich. Sie lächelt mich an,
„wissen sie das er in letzter Zeit sehr gute Laune hat?"
fragt sie mich,
„das scheint dann doch an ihnen zu liegen Savannah."
Lucas öffnet die Tür und sieht mich freudestrahlend an.
„Sehen sie? Genau das meine ich," lächelt Mrs. Allen und gießt
weiter die Blumen.
„Was meint sie?"
„Du hast gute Laune! Und sie denkt das liegt an mir,"
„Vielleicht!" antwortet Lucas und gibt mir einen Kuss.
Wir sitzen beide eng umschlungen auf seinem Sofa,
„ich habe Libby versprochen dir nichts von ihrem nächtlichen
Besuch bei mir zu erzählen, also bitte sei so lieb, und tu so als
wüstest du von nichts. Sie hat scheinbar nicht mitbekommen
dass du bei mir warst,"
bitte ich Lucas mich bei meinem Versprechen zu unterstützen.
„Wenn das dein Wunsch ist," lächelt er mich an.
Er sieht so süß aus mit seinen strahlenden, blauen Augen, und
seinen Grübchen wenn er lächelt. Wenn er mich so anschaut

den Kopf leicht nach unten gebeugt und den Blick auf mich gerichtet, überkommt mich jedes mal so ein Gefühl als würden tausende von Raupen gerade in meinem Bauch zu einem Schmetterling heran wachsen. Ich kann kaum Atmen, geschweige den etwas sinnvolles sagen weil ich kein Ton heraus bekomme. Ich fühle mich wie sechzehn und das erste mal verliebt. Aber ich bin 27 Jahre und verspüre bei seinem Anblick auch eine gewisse Sexuelle Erregung. Jedes mal wenn er meine Hand hält, denke ich daran wie es wäre wenn seine Hände meinen Körper streicheln. Meinen Busen berühren, meine Schenkel, innen wie außen. Wie sie auf meinen nackten Beinen vom Knie ab nach oben wandern und zwischen meine Beine fassen. Er hat schöne Hände, kleine Hände, zierliche Hände, weiche Hände. Ich lege meine Hand in seine um die Größe zu vergleichen, sie sind nur ein kleines bisschen Größer als meine.

„Woran denkst du gerade?" reist er mich aus meinen Gedanken.

Ich lächle ihn an und verschlinge meine Finger mit seinen.

Das kann ich dir nicht sagen

Am Sonntag will Lucas das erste mal bei mir übernachten, und ich werde die Gelegenheit nutzen ihm von Alex zu erzählen. Ich habe etwas Angst davor, da ich nicht weiß wie er reagieren wird. Aus dem Wandschrank krame ich das Hochzeitsalbum heraus. Es soll mir helfen meine Geschichte zu erzählen. Ich sehe auf die Uhr, Lucas wollte gleich hier sein. Die Nervosität in mir steigt, zum einen weil ich ihm von Alex erzählen werde, zum anderen bleibt er über Nacht und ich kann diesmal nicht garantieren nichts unanständiges anzufangen. Es klingelt.

„Hi Savannah, ich bin ein bisschen später dran wie ausgemacht, aber Tom und ich haben uns beim Sport verquatscht."

„Kein Problem, ich habe sowieso die Zeit vergessen."

„Wieso? Hast du wieder Dirty Dancing geschaut?"

Er rollt mit den Augen.

„Nein habe ich nicht, und ich habe dein Augenrollen durchaus
bemerkt."

Lucas mag diesen Film nicht, er ist viel zu emotional und
durchschaubar meinte er als ich ihn überredet habe den Film
doch einmal mit mir zu schauen. Diese Sache hat er mit Alex
gemeinsam, Alex hasste Dirty Dancing ebenfalls. Ist wohl das
Männergen, dass die zwei dazu bringt.

„Ja schon gut, ich geh erst mal Duschen. Willst du mit?" grinst
er mich an.

„Äh, ja, nein ich meine Nein, ich war schon duschen."

Der Gedanke daran lässt mich ganz kribbelig werden

„Wie du willst!" schmunzelt Lucas und geht ins Bad.

Ich sitze auf dem Bett und lausche der Dusche, stelle mir vor
wie er gerade duscht, seinen makellosen Körper einseift, das
Wasser über den Kopf laufen lässt, wie jeder einzelne Tropfen
an ihm herunter läuft. Ich stelle mir vor was passiert wäre wenn
ich auch mit unter die Dusche gegangen wäre. Wie er meinen
Körper einseift, mich an die Wand drückt und küsst. Das Bad
sich mit Dampf füllt und wir..

Durch die quietschende Diele werde ich aus meinen Gedanken
gerissen.

„Du hast schon wieder den selben Gesichtsausdruck wie
damals als du meine Hand bewundert hast."

Lucas steht Oberkörperfrei vor mir und trocknet sich die Haare.
Ich gehe auf ihn zu, fahre ihm mit den Fingern über den
Oberkörper, langsam, zaghaft, zeichne jeden einzelnen Muskel
nach und sehe ihm dabei tief in die Augen. Lucas öffnet die
ersten beiden Knöpfe meiner Bluse und küsst meinen Hals,

mein Dekolletee, meine Lippen. Langsam lässt er mich aufs Bett gleiten und stützt sich über mich. Er öffnet den Rest meiner Bluse und küsst meinen Busen, meinen Bauch ganz langsam. Seine Hände streicheln meine Beine. Mein Herz rast. Lucas´ Küsse wandern wieder nach oben zu meinem Hals. Er liegt auf mir und ich spüre seine Erregung. Seine Hände öffnen meine Hose und berühren meinen Slip, fassen zwischen meine Beine. Mein Körper vibriert. Lucas zieht mir die Hose aus. Er küsst meine Schenkel und streift meinen Slip ab, öffnet meinen BH. Voller Ekstase kralle ich mich am Kissen fest. Stöhne leicht auf. Er küsst mich zwischen den Beinen, seine Zunge kreist ganz langsam. Mir wird Heiß. Ich bekomme Gänsehaut. Seine Hände halten meine Hüfte fest. Er kommt wieder nach oben, küsst meinen Hals, sanft, zaghaft. Ich spreize meine Beine,
ich will ihn, ich will ihn jetzt...!!!
und ziehe Lucas die Hose aus. Er liegt auf mir, verschlingt seine Hände in meine und dringt in mich ein. Ich stöhne laut auf. Er atmet schwer, ich bewege mich zu seinem Rhythmus, ganz langsam, verbrenne innerlich. Ich spüre seinen Penis wie er sich in mir reibt, verschlinge meine Beine um seine Hüften, unsere Körper kleben aneinander, wir verschmelzen ineinander. Ich explodiere, muss laut aufschreien, meine Haut glüht, ich komme..

Völlig verschwitzt und außer Atem liegen wir Händchenhaltend nebeneinander,
„ich muss dir etwas erzählen Lucas. Etwas aus meiner Vergangenheit."
Ich muss es jetzt hinter mich bringen.
„Wenn du dich bereit dafür fühlst, dann erzähle es mir, wenn es noch nicht geht, dann warte noch."

Nein ich denke jetzt ist der richtige Moment.
Aus dem Wohnzimmer hole ich mein Hochzeitsalbum und
setzte mich neben Lucas auf das Bett.
Er sieht mich fragend an.
„Als ich 10 war zogen meine Eltern von Nashville nach Fort
Worth / Texas. In der Schule traf ich ihn zum ersten Mal. Durch
ihn habe ich auch Sam kennengelernt. Du weißt doch noch wer
Sam ist, Oder?"
„Ja, Rileys Freund."
Er sieht mich immer noch verwundert an. Ich kralle mich am
Album fest,
„er wurde auf Anhieb mein bester Freund. Und mit der Zeit
verliebten wir uns ineinander."
Meine Nervosität steigt erneut als ich Lucas das
Hochzeitsalbum gebe. Leicht verwirrt schlägt er es auf. Gleich
das erste Bild zeigt uns direkt nach dem Jahr-Wort, stolz die
Ringe präsentieren. Darunter steht geschrieben
Mr. + Mrs. Alex Baker
„Sein Name war Alex. Ich kannte ihn mein ganzes Leben.
Doch ich durfte nur 4 Wochen seine Frau sein,"
fuhr ich fort während Lucas das Album weiter blätterte.
„Was ist passiert?" fragt er.
Ich muss tief Luft holen. Kann kaum weiter sprechen. Tränen
in meinen Augen. Ich renne ins Bad. Will nicht das Lucas mich
so sieht. Als ich mich wieder etwas gefangen habe, gehe ich
zurück. Mittlerweile hält Lucas´ Zeitungsausschnitte in der
Hand,
die hatte ich ja völlig vergessen,
ich hatte sie gesammelt nach Alex´s Tod. Zeitungsausschnitte
von seinem Unfall.
Er sieht mich entsetzt an,
„tut mir leid Süße, das war bestimmt der Horror für dich."

Ich erzähle ihm alles, vom Unfall, meinem Entschluss nach Atlanta zu ziehen, meinem Hochzeitstag, seinen Todestag und was es mit den Flamingovorhängen auf sich hat. Als ich fertig bin, beobachte ich Lucas und warte auf eine Reaktion. Er reibt sich das Gesicht, fährt sich durch die Haare und verlässt den Raum.

Jetzt hab ich ihn verloren.

Ich folge ihm ins Wohnzimmer, Lucas steht vor dem einen Vorhang der noch am Fenster hängt.

„Alles ok? Bitte sag doch was?"

Er dreht sich zu mir um,

„trotz alldem Schmerz hast du dich in mich verliebt?"

„Ja," nicke ich.

Er küsst mich, langsam, ganz sanft, zieht mich mit seinen küssen aus, ich beiße ihm leicht auf seine Lippen, spüre seine Hand auf meinem Körper wandern, er küsst meinen Hals und ich bewege mich zu seinem Rhythmus.

Kapitel 8

„Zwei Mal? In einer Nacht?" fragt mich Riley als ich ihr von meinem Wochenende erzähle.
Ich strahle über das ganze Gesicht. Wir sitzen in unserem Stammcafé und genehmigen uns einen großen Eisbecher.
„PSSST, nicht so laut Riley. Die Leute schauen schon."
Eigentlich wollte ich die kommenden Weihnachtsfeiertage zu Hause in Texas feiern, doch mittlerweile verbringen Lucas und ich fast jede freie Minute miteinander, dass es mir schwer fallen wird von ihm getrennt zu sein.
„Dann nimm ihn doch mit?" schlägt Riley vor,
„und wenn du schon Gäste mitbringst, dann kenne ich da noch eine reizende junge Dame die sicher auch mit gehen würde," grinst sie mich an,
„ich würde euch auch nicht auf die nerven fallen, ihr werdet mich gar nicht bemerken."
„Ja klar weil du bei Sam bist die ganze Zeit," scherze ich.
„Hey nicht nur du willst 2 mal Sex in einer Nacht," kontert sie so laut das sich das Paar am Nachbartisch nach uns umdreht.
„PSSST," zische ich erneut.
Sie lacht.
Am Abend frage ich Lucas was er von Riley´s Vorschlag hält mit mir nach Texas zu fliegen.
„Bist du dir sicher? Ich soll deine Mutter kennenlernen? Und die von Alex?"
„Ja ich hab ihnen schon so viel von dir erzählt, das sie es kaum aushalten dich kennenzulernen. Den Mann der mich wieder Lieben lehrte, wie meine Mom es nannte."
Er lächelt verlegen,
„gut dann kommst du Silvester mit zu meiner Mom?!"
oh je

„Einverstanden," sage ich und wir besiegeln per Handschlag.
Zwei Wochen später sitzen wir im Flieger nach Texas.
„Bitte denke daran, meine Mutter ist ein bisschen exzentrisch
und leicht verstreut. Sie mag dir seltsam vorkommen meint es
aber immer nur gut. Und Cybill, Alex´s Mom, kann sehr
herrschsüchtig sein, und es dir vielleicht nicht leicht machen,"
versuche ich Lucas auf das kommende vorzubereiten.
„Und sprich sie nicht auf die vielen Porzellankätzchen an,
indem du sie fragst warum sie so viele Staubfänger hat,"
versucht Riley mich zu unterstützen,
„das nimmt sie dir übel und du bekommst das ganze
Wochenende immer zuletzt dein Essen, wenn es schon fast kalt
ist und alle anderen fast aufgegessen haben."
Sie fuchtelt mit dem Zeigefinger vor Lucas´ Gesicht als wolle
sie ihn ausschimpfen.
„Und bitte, bitte keins, ich wiederhole keins von Alex´s Bilder
anfassen die überall im Haus herum stehen, auch wenn ich mit
drauf bin."
Lucas sitzt in der Mitte und schaut nach rechts und dann
wieder nach links, je nachdem wer von uns ihm gerade
Anweisungen erteilt.
„Ladys?! Seit ihr jetzt fertig? Ich schaff das schon, ist nicht
meine erste Familie einer Freundin die ich kennen lerne."
Ich sehe ihn skeptisch an,
„ja aber keine wie meine."
Lucas lacht,
„so schlimm wird es schon nicht sein."
Oh Doch!
„Als ich mit Alex zusammen kam, waren wir bereits seit 7
Jahren befreundet. Ich kannte seine Eltern und er kannte meine
Eltern. Wir waren ja beste Freunde und verbrachten viel Zeit
miteinander. Als wir beim nächsten gemeinsamen Frühstück

unserer Eltern, ihnen mitteilten das wir ab sofort ein Paar
wären, veränderte sich die Miene Cybill's schlagartig, und ich
wurde argwöhnisch beobachtet. Und mein Dad behandelte
Alex wie einen Jungen den ich zum ersten Mal mitbrachte, er
stellte ihm fragen wie -Was beabsichtigen sie mit meiner
Tochter zu tun?- und das Alex antwortete, oh keine Sorge es
geht mir dabei nicht um Sex. Das haben wir schon vor Jahren
gemacht, hat die Sache nicht wirklich entschärft. Ich hab Tage
gebraucht meinem Vater zu erklären dass ich noch keinen Sex
hatte. Und Alex ihn nur aufziehen wollte."
Lucas lacht so laut dass sich einige Fluggäste nach uns
umdrehen.
„Keine Sorge süße, ich werde schon klar kommen."
Ich lehne mich zurück und schließe die Augen..
*Hallo Alex..hörst du mich? Bitte schenke mir die Kraft die
Feiertage zu überstehen, bitte sorge dafür dass alles glatt
läuft! Lass unsere Eltern vernünftig bleiben. Alex, ich habe
Angst..*

Die Maschine landet pünktlich in Dallas. Meine Mutter
erwartet uns bereits.
„Vanni.. Schön dich zu sehen,"
sie drückt mich so fest das ich kaum Luft bekomme,
„lass dich ansehen. Du bist so dünn geworden. Gibt es in
Atlanta nichts zu Essen? Riley? Isst sie denn nichts?"
Sie umarmt Riley ebenfalls.
„Das ist Lucas, Mom,"
stelle ich die beiden vor.
„Freut mich sie kennenzulernen Mrs. Benneth."
„Oh Vanni, du hast untertrieben als du erzählt hast wie gut er
ausschaut," stellt Mom fest,
„er sieht ja richtig lecker aus."

„MOM!!"

Gott ist mir das peinlich.

„Schon gut Kind, ich wusste ja immer du hast Geschmack,"
scherzt sie und nimmt Lucas in den Arm,

„und du hast recht, er riecht nach Multivitamin."

„MOM!!"

Lucas grinst mich an und hilft ihr unser Gepäck zu verladen.

„Wir fahren direkt zu den Baker's nach Hause. Dein Vater und
Sam sind auch schon dort und helfen Bob den Baum zu
schmücken. Dein Schwiegervater braucht eine Beschäftigung
sonst reist ihm Cybill noch den Kopf ab, du weißt ja wie sie an
Weihnachten drauf ist."

„Ja das weiß ich noch," seufze ich bei dem Gedanken daran.
Cybill übertreibt es gerne, es ist alles übermäßig dekoriert und
es duftet Tage vorher schon nach Zimt und Spekulatius. Wer
keine richtige Weihnachtsstimmung aufbaut, wird gleich zum
Grinch abgestempelt, und sie macht es sich zur Aufgabe dich
für Weihnachten zu begeistern. In einem Jahr hatte ich absolut
keine Lust auf alles, da steckte sie mich in ein Elfenkostüm und
ich musste im Weihnachtsdorf den Kindern Zuckerstangen
verteilen.

Das war so grausam,

Alex und Sam hatten den Spaß ihres Lebens, sie kauften sich
eine Cola und beobachteten mich.

„Los geht rein, die Koffer holen wir später,"
meine Mutter und Riley sind schon im Haus und ich stehe wie
angewurzelt vor der Tür. Lucas greift nach meiner Hand. Ich
atme tief durch und führe ihn ins Wohnzimmer.

„Hallo Dad, Bob, Sam."

Ich wirke sichtlich nervös und drücke Lucas' Hand wohl etwas
zu fest, denn er versucht sie zu befreien.

„Entschuldige," flüstere ich und lasse los. Dad, Bob und Sam umarmen mich und reihen sich vor Lucas auf.

„Darf ich vorstellen, mein Dad Dan, mein Schwiegervater Bob, und Sam kennst du ja schon."

Mit den Armen verschränkt stehen die drei vor ihm und mustern ihn.

Hilfe !!

Ich habe keine Brüder, aber schlimmer könnte es wohl nicht sein.

„Hallo schön sie kennenzulernen, ich bin Lucas. Schöner Baum, als Kinder haben mein Bruder und ich den Baum auch immer geschmückt und da wir fanden das der Weihnachtsschmuck zu Mädchenhaft aussieht, haben wir immer die Werkzeugkiste geplündert und mit an den Baum gehängt," versucht Lucas die Situation zu lockern.

Ich bin so nervös das ich mir fast meine Lippen blutig beiße.

Die Drei drehen sich um und schauen auf den Baum als wollen sie überprüfen ob der Schmuck wirklich Mädchenhaft wirkt.

Bob und Dad schauen sich an und nicken,

„gute Idee Junge," sie klatschen Lucas beim vorbei gehen auf die Schulter und laufen in die Garage.

„Das wird Cybill aber gar nicht gefallen."

Sam schüttelt energisch den Kopf und sieht mich dabei an, „hast du ihm etwa das Handbuch nicht gegeben?"

„Welches Handbuch?" will Riley wissen.

Das Handbuch! Leben sie etwa immer noch danach?

„Das Weihnachthandbuch" antwortet Sam und sieht sie dabei ungläubig an.

„Jedes Jahr an Weihnachten gibt es bestimmte Sachen die genau so sein müssen wie es Cybill gefällt, sollte das nicht so sein, wird sie zum Grinch und glaub mir, ihre Laune ist dann hervorragend. Damit wir einmal ein Weihnachten ohne Grinch feiern können, hat Alex damals ein Handbuch geschrieben. In dem stehen alle Sachen die man beachten muss um sie nicht zu verärgern," erkläre ich den beiden.

„Und darin steht auch etwas den Baum betreffend,"
Sam zeigt auf den Baum und sieht dabei aus wie früher, als er die Spitze zerbrach und Angst hatte er dürfe Heiligabend doch nicht bei uns feiern.

Sam´s Mom ist Krankenschwester und hatte immer die Weihnachtsschicht im Krankenhaus, weil sie die Zulage gut gebrauchen konnte, seinen Vater hatte er nie kennengelert.

Mein Vater und Bob kommen derweil völlig aus dem Häuschen aus der Garage zurück. Stolz präsentieren sie was sie gebastelt hatten. Schraubendreher, Schrauben, und Zangen in verschieden Größen hängen an einer Schnur, bereit zum aufhängen.

„Los Lucas wir hängen die Sachen gemeinsam an den Baum," fordert mein Vater auf und Bob zerrt ihn Richtung Baum.

„Dad, was ist mit dem Grinch?"

„Was soll damit sein Honigbienchen?"

Ich zucke bei *Honigbienchen* leicht zusammen, bisher wusste Lucas´ nichts von meinen Kosenamen. Er lächelt mich nur an.

„Der Baumschmuck passt nicht in das Konzept des Handbuches."

„Ja ja, das Handbuch. Dann wird es eben Zeit das wir es etwas abändern."

Zufrieden grinsend drückt er Lucas eine Schraube in die Hand.

„Wo ist der Grinch überhaupt?" fragt Dad.

„Sie wollte sich noch zurecht machen bevor Vanni kommt.
Sam willst du mit schmücken, oder wollen du und deine Freundin lieber alleine sein?" wendet sich Bob Sam zu der gerade knutschend mit Riley auf dem Sofa sitzt.

Meine Nerven! Ich verliere gleich meine Nerven!

„Gibt es heute keinen Punsch? Ich brauch jetzt einen Punsch!"
„In der Küche Honigbienchen, in der Küche."
Wo ist eigentlich Mom?

„Nein Cybill, du benimmst dich bitte! Lucas ist in Ordnung
und du wirst ihn schon irgendwann mögen,"
höre ich sie aus der Küche.
„Und Vanni sieht glücklich aus. Sie mag diesen Jungen
wirklich, also sei nett."
Sie scheint mit Cybill in der Küche zu sein.
„Nett? Ich bin doch immer nett! Und wie kann ich den neuen
Mann mögen der mit der Frau meines Sohnes liiert ist?"
„Deines TOTEN Sohnes Cybill. Alex ist bereits seit einem Jahr
Tod. Soll Vanni ewig die trauernde Witwe spielen? Sie ist noch
keine 30 Jahre. Sie hat eine 2. Chance auf Liebe verdient."
Sie scheinen zu streiten.
„Hallo Cybill," ich betrete die Küche und denke ich sehe nicht
Recht.
Cybill trägt ein Fliederfarbenes Kostüm, und in der Ecke direkt
hinter dem Esstisch hat sie ein Schrein aufgebaut,
ein Alex -schrein. Alex Foto strahlt einem sofort entgegen,
darum lauter brennende Teelichter verteilt.
„Was soll das Cybill?" frage ich sie entsetzt und zeige auf den
Schrein.
„Es ist doch Weihnachten. Und ich dachte dazu gehören
Kerzen. Das Foto steht immer da."
„Und warum trägst du das Kostüm?"
„Na ich wollte mich doch Chic machen für DEINEN LUCAS,"
meinen Lucas, wie sie das schon wieder betont.
„Und ein anderes Kostüm wie das wo du an der Hochzeit
anhattest, hast du nicht gefunden?"
„Das habe ich ihr auch gerade versucht zu sagen, Vanni",

meine Mutter sieht meine Erregung und schiebt mir ein Glas Punsch zu.

„Also ich weiß nicht was ihr habt, die Hochzeit fand vor über einem Jahr statt und warum sollte dieses hübsche Kostüm jetzt ewig im Schrank hängen bleiben?" gibt Cybill uns leicht Sarkastisch zurück und verlässt die Küche.

Ich könnte platzen vor Wut. Sie hat dieses Kostüm extra angezogen, sie hat vor mich zu provozieren. Und es scheint zu klappen.

Beruhige dich Savannah,

ich sehe zu Alex´s Foto herüber,

Bitte gib mir Kraft Alex..

„Halloo, du musst Lucas sein? Ich habe ja schon sooo viieell von dir gehört," höre ich Cybill im Wohnzimmer.

Oh oh sie ist zu nett.

„Sieh mal Schatz, der Baum ist fertig."

Stolz zeigt Bob sein Meisterwerk.

„Was zum Teufel ist.."

„Das bringt Glück, in einigen Kulturen hängt man an den Baum persönliche Gegenstände der Verstorbenen um sie zu Ehren," versucht Lucas die Situation zu retten,

„und da wir keine persönlichen Gegenstände mehr von Alex haben, haben wir uns für das Werkzeug entschieden, weil ich doch immer so gerne mit ihm gehandwerkt habe."

Bob zwinkert Lucas zu.

Cybill sieht alle misstrauisch an und wirft mir ein bösen Blick zu.

„Will jemand Punsch?" lenkt Mom ab und schenkt mein Glas nach.

Ich wünschte ich wäre nicht gekommen.

Wiedereinmal verstecke ich mich im Baumhaus. Hier ist es so friedlich, so still. Lucas kommt die Treppen herauf,
„Riley sagte mir das du bestimmt im Baumhaus bist. Das Essen ist gleich fertig."
„Tut mir leid, Lucas. Ich wusste nicht das es so schlimm wird."
„Warum schlimm? Wegen Cybill? Das stört mich nicht, es ist mir wichtig was deine Eltern von mir halten und nicht was die Mutter deines verstorbenen Mannes von mir hält. Ich weiß das sie immer ein wichtiger Teil in deinem Leben sein wird, aber wenn sie mich nicht mag, kann ich auch damit leben."
Es pfeift laut,
„das ist mein Vater ich schätze das Essen ist jetzt schon fertig."
Als wir in der Küche ankamen dirigiert Mom gerade die Sitzordnung,
„ah und ihr zwei sitzt hier."
Genau vor Alex Foto. Lucas wirft einen kurzen Blick darauf bevor er sich setzte und beobachtet meine Reaktion auf die Auswahl unserer Plätze.
„Los Vanni, jetzt setz dich schon neben dein Multivitaminbonbon, das Essen wird angerichtet."
„MOM!"
Ich hätte ihr nicht davon erzählen dürfen.
Es gibt traditionelles Benneth/Baker Weihnachtsessen. Rinderschmorbraten, Süßkartoffelpüree, Speckbohnen und Maronenmus. Eigentlich gibt es jedes Jahr das gleiche. Wir sitzen am gleichen Tisch, essen das gleiche Essen, und streiten uns. Eigentlich ist es wie jedes Jahr, eigentlich..
Bis auf die Tatsache dass Lucas anstelle von Alex neben mir sitzt. Letztes Jahr war ich nicht zu Hause, letztes Weihnachten verbrachte ich in Atlanta und aß Fertigtruthahn aus dem Supermarkt.
Das hätte ich dieses Jahr auch tun sollen.

„Also Lucas, erzählen sie mir etwas von ihnen?" fragt Cybill neugierig,

„was machen sie beruflich?"

„Das weißt du doch Cybill, er ist ein Kollege von mir, bekanntlicher weiße ist er ebenfalls Lehrer."

Ich bin leicht verärgert.

„Mhm, und daher bin ich mir sicher er kann für sich selbst antworten, Savannah Mäuschen."

Savannah Mäuschen! So nennt sie mich immer wenn sie mich rügen will weil ich nicht ihrer Meinung bin.

Ich rolle die Augen.

„Ich bin Deutschlehrer Mrs. Baker," antwortet Lucas.

„Und was unterrichtet man in Deutsch?"

„Mach dich nicht dümmer als du bist, Cybill!"

„Savannah!! bitte!!"

Jetzt ist meine Mutter auch verärgert.

Sie sieht mich böse an. Aber das kann ich auch, ich schaue böse zurück.

„Ähm, ich bringe den Schülern Deutsch bei. Also die deutsche Sprache."

Lucas ist leicht verlegen.

„Oh das ist ja interessant, es ist immer wichtig wenn man mehrere Sprachen sprechen kann."

Cybill wirkt leicht heuchlerisch. Ich stopfe mir eine große Portion Püree in den Mund damit ich ihr nicht antworten kann.

„Können sie noch mehr sprachen sprechen?"

„Nein Mrs. Baker nur Deutsch und Englisch."

„Oh das ist aber schade, mein Sohn Alex konnte 4 Sprachen sprechen."

Ich verschlucke mich beinahe am Püree,

„Waf fur Schprafen?" hacke ich nach,

„Savannah, nicht mit vollem Mund," ermahnt mich meine

Mutter.

„Was für Sprachen Cybill? Er konnte Englisch, logisch, und ein kleines bisschen Französisch. Das war`s. Aber nicht perfekt. Es reichte jedenfalls bei weitem nicht um irgendjemanden darin zu unterrichten,"

mein Blick geht zu Sam der gerade etwas sagen will,

„und KLINGONISCH ist keine anerkannte Sprache."

Sam verstummt wieder. Lucas ist nun endgültig verlegen, er hat aufgehört zu essen und fährt sich durch die Haare. Das macht er immer wenn er verlegen oder nervös ist.

„Ja wie auch immer. Du musst es ja wissen, Savannah Mäuschen."

„Ja ich muss es wissen. Ich war auch schließlich seine Frau." Cybill sieht zu Lucas herüber, der vor Verlegenheit auf dem Boden schaut,

„also ich würde das jetzt nicht unbedingt vor deinem neuen Freund so aufs Butterbrot schmieren, Savannah."

„DU hast doch damit angefangen.."

Ich platze vor Wut und verlasse den Esstisch in dem ich aus dem Haus renne und dabei die Eingangstür zu knalle.

„Sie ist leicht reizbar, Josie findest du nicht auch?" wendet Cybill sich meiner Mutter zu.

„An Alex´s Geburtstag ist sie genau so ausgerastet."

„Ja mag sein, aber du musstest es auch übertreiben heute." Meine Mutter verlässt ebenfalls das Haus.

„Was gibt es zum Nachtisch?"

„BOB? Denkst du immer nur an essen?"

Auch Cybill ist der Appetit vergangen und sie verlässt den Essensbereich.

„Na Lucas immer noch nicht so schlimm?" zieht Riley ihn auf.

„Will jemand ein Bier?" fragt mein Dad auf dem Weg zum Kühlschrank und alle am Tisch strecken die Hand.

Am nächsten Morgen wollen wir uns alle wieder bei Cybill zum Weihnachtsfrühstück treffen. Mir ist überhaupt nicht danach wieder mit allen an den Tisch zu sitzen, vor allem nicht mit Cybill.

„Jetzt komm schon Honigbienchen, mir zu Liebe,"
versucht Dad mich zu überreden.

„Dein Lucas hat sich doch bis jetzt nicht schlecht geschlagen, die Mama ist ganz vernarrt in ihn. Sie wird schon gut auf ihn aufpassen sollte Cybill heute wieder ihr Kriegsbeil ausgepackt haben."

„Ok Pap, dir zu Liebe. Aber ein falsches Wort und ich fliege mit Sam und Riley nach Wyoming."

„Abgemacht, Honigbienchen," prostet mir Dad mit der Kaffeetasse zu.

„Aber dein Zwetschgen-Flirt lässt du dann bei mir," meint Mom und umarmt Lucas von hinten.

MOM!! signalisiere ich ihr mit meinen Blicken.

„ Ach Vanni schon gut. Ich will dich doch nur aufziehen."
Sie küsst mich auf die Stirn,

„dann gehen wir uns mal anziehen Dan, lassen wir die Zwei mal ein Moment alleine.

„SUNSHINE, YOU ARE MY SUNSHINE, " fängt sie an zu trällern und zieht mein Dad ins Obergeschoss. Ich sehe zu Lucas der lachend seinen Kaffee trinkt,

„amüsierst du dich etwa darüber?"

„Ja Honigbienchen, ich finde deine Eltern sehr amüsant auf eine schöne weiße, wie sie mit dir umgehen, finde ich toll."

„Jetzt nenn du mich nicht auch noch Honigbienchen."
Er lächelt mich an,

„warum nennt er dich Honigbienchen?"

„Weil ich im Kindergarten jedes Jahr als dicke, fette Hummel zu Halloween gehen musste, und weil ich mich darüber ärgerte, sagte er immer das ist keine Hummel, das ist eine Biene, eine Honigbiene und daraus wurde Honigbienchen." erkläre ich verlegen.

„Das ist doch eine schöne Geschichte."

„Ja aber ich bin keine Fünf mehr und mir ist der Name peinlich."

„Muss es nicht, ich mag den Namen."

Lucas lächeln erlischt und er sieht mich ernst an,

„hatte Alex einen Kosenamen für dich?"

„Muckel" flüstere ich,

„Muckel? Was bedeutet der?"

„Das kommt von Pumuckel. Weil ich diesen Kobold als Kind so gerne hatte."

Er lächelt wieder, mit diesem Lächeln das ich so Liebe.

„Ich möchte dir dein Geschenk jetzt schon geben und nicht vor all den anderen,"

Lucas holt ein kleines Kästchen aus der Jackentasche.

Vergnügt, strahlend öffne ich es.

„Oh Lucas das ist ja bezaubernd schön."

In dem Kästchen liegt ein kleines Kristallherz an einer Kette und funkelt mich an. Lucas legt es mir um den Hals, vor Freude küsse ich ihn.

„Vielen dank, es gefällt mir sehr."

„Hallo Riley, Sam, habt ihr gut geschlafen?"

Wir sind bereits in der Küche der Baker´s und ich ignoriere Cybill.

„Wahrscheinlich besser als du," sieht mich Sam fragend an.

„Danke es ging, wann fliegt ihr?"

„Gleich nach der Bescherung."

„Oh hat dir Lucas das Geschenk schon überreicht?"

Riley hat meinen Anhänger bemerkt.

„Du wusstest das ich so ein Geschenk bekomme?"
„Ja ich hab ihn ausgesucht" zwinkert sie mir zu.
Nach der Bescherung fahren wir Sam und Riley zum
Flughafen, wie gerne würde ich mitfliegen, muss aber noch
eine Nacht in Texas bleiben. Ich ignoriere Cybill immer noch,
was sie nicht besonders zu stören scheint. Diese Reaktion
erinnert mich irgendwie an Libby, könnte auch ihre Mutter
sein.
„Normalerweise ist sie nie so gemein zu mir,"
bin leicht gekränkt.
„Ich kann sie schon ein bisschen verstehen. Du kommst hier
her und präsentierst ihr stolz deine neue Flamme, während sie
anscheinend noch um ihren Sohn trauert."
„Ja aber das gibt ihr nicht das Recht so gemein zu dir zu sein."
„Du solltest mit ihr reden."
auch wenn es mir nicht gefällt, aber Lucas hat Recht. Also
mach ich mich auf den Weg mit ihr zu reden.
„Cybill wir müssen reden."
„Ja Vanni das müssen wir dringend, ich werde mich nicht
entschuldigen. Ich hab mich ja nicht so aufgeführt. Ich habe
mich nur mit *diesem* Lucas versucht zu unterhalten."
„Genau deshalb hab ich mich so aufgeregt, Cybill!"
„Weil ich mich mit ihm unterhalten habe?"
Sie sieht mich erstaunt an,
„also das verstehe ich jetzt nicht."
„Nein Cybill, die Art und weise wie du dich mit *DIESEM*
Lucas unterhalten hast, war nicht Richtig. Schon wie du über
ihn redest, DIESEM Lucas. Das ist einfach nur Lucas. Mein
Lucas."
„Ja, Savannah, dein Lucas! Früher war es dein Alex um den
wir uns gestritten haben, und jetzt ist Alex Tod. Ich werde ihn
nie wieder sehen. Und ihr tut alle so als wäre er so leicht zu

ersetzen. Du selbst hast ihn doch schon ersetzt."

„Das ist nicht wahr, ich könnte Alex nie durch irgendjemanden ersetzen, und das weiß Lucas auch, er will nicht mit ihm konkurrieren, oder besser sein als Alex. Er versucht nur mich glücklich zu machen, und ich bin das erste mal seit seinem Tod wieder glücklich. Das erste Mal seit Alex´s Tod kann ich wieder durchschlafen. Wenn ich anstelle von Alex gestorben wäre, dann wolltest du auch das er wieder glücklich wird."

Cybill fängt an zu weinen,

„ich werde nie Enkelkinder haben, Savannah. Ich wollte so gerne das ihr mir Enkelkinder schenkt. Und jetzt hast du eine neue Liebe und Josie macht sich schon wieder Hoffnungen dass sie Oma werden kann."

„Geht es dir darum?"

Ich bin verwundert.

„Ich habe nicht vor in nächster Zeit schwanger zu werden."

„Das kann plötzlich passieren, auch ohne dass du es wolltest. Oh Savannah es tut mir so Leid. Ich wollte das nicht, eigentlich ist Dieser, entschuldige, Dein Lucas ganz in Ordnung. Er erinnert mich in mancher Hinsicht an Alex."

„Ach ja? In welcher?"

Ich bin immer noch verwundert.

„Na nehmen wir mal die Sache mit dem Weihnachtsbrauch, ich weiß genau dass das Quatsch ist, aber die Erklärung warum Werkzeug am Baum hängt, hätte auch von Alex sein können."

Ich muss lachen,

„ja hätte es durchaus."

„Es tut mir Leid, Lucas. Du hast mich nicht von meiner besten Seite kennengelernt. Ich hoffe das nächste mal wird es besser," entschuldigt sich Cybill bei Lucas als wir abreisen und nimmt ihn in den Arm.

„Ja, Josie, eindeutig ein Kirschdrop.." bestätigend wendet sie
sich zu meiner Mom.
Lucas sieht mich nur schmunzelnd an und ich könnte im
Erdboden versinken.
„Na also geht doch" freut sich Bob.
„Fahrt vorsichtig und meldet euch wenn ihr gelandet seit."

Noch zwei Tage dann sollen wir bei seiner Mom sein, Panik
steigt in mir auf, was ist wenn sie mich nicht mag? Wenn sie
genau so abweisend wie Cybill reagiert? Kann ich das
verkraften?
„Wollen sie einen Orangensaft haben?" fragt uns die
Stewardess,
„Ja bitte" gebe ich zurück.
„Lust auf Sex?" frage ich Lucas nach dem ich den Saft
ausgetrunken habe.
„Was jetzt? Im Flugzeug? Echt?"
Lucas fährt sich durch die Haare,
die Frage scheint ihn nervös zu machen.
„Warum gerade jetzt?"
„Weiß nicht, scheint am Orangensaft zu liegen!"

Zu Hause angekommen lasse ich mich erschöpft auf´s Bett
fallen. Lucas beugt sich über mich und streichelt meine Hüfte.
„Immer noch Lust auf Sex?"
Ich verschlinge meine Arme um seinen Nacken, ich bin total
müde und muss erst mal duschen gehen!
„Duschen! Erst mal Duschen!"
„Du willst lieber duschen? Ok gehen wir Duschen."
Er zieht sein Shirt aus, seine Hose, steht Nackt vor mir und
schaut mich fordernd an.
Mmmmhhh

Das Wasser läuft über seinen nackten Körper, es ist heiß, er dampft, langsam zieht er mich zu sich, steht hinter mir und küsst meinen Nacken, seine Hände streicheln meine Brüste, meinen Bauch, ich drehe mich und er küsst mich, drückt mich gegen die Fliesen, sie sind kalt, er küsst meinen Hals, ich streichle seinen Rücken, seinen Po, spüre seine Erregung. Vorsichtig dringt er in mich ein, sein Körper reibt sich an meinem, das Bad füllt sich mit Dampf, das Wasser wird kalt und Lucas zuckt leicht zusammen, doch es stört uns nicht weiter.

Sex unter der Dusche..

Ich hatte noch nie Sex unter der Dusche. Alex wollte nie Sex unter der Dusche, er machte es lieber traditionell im Bett, selbst wenn wir im Wohnzimmer anfingen, führte uns das immer für´s Finale ins Schlafzimmer.

Ich liebe Sex unter der Dusche..

Jetzt bin ich wieder wach, die kalte Dusche und der Sex hat meine Müdigkeit überlistet. Lucas dagegen ist sofort eingeschlafen. Ich beobachte ihn beim schlafen, so friedlich sieht er aus. Die Haare hängen ihm ins Gesicht und ich streiche sie heraus, streichle seine Wange als mir plötzlich klar wird

Ich Liebe Dich Lucas..

Kapitel 9

Die quietschende Diele weckt mich auf. Ich öffne die Augen,
Lucas steht zusammengezuckt vor dem Bett,
„entschuldige ich wollte dich nicht wecken. Diese dämliche
Diele," schimpft er während er sich anzieht.
„Ich muss noch nach Hause bevor wir morgen wieder abreisen.
Schauen ob alles in Ordnung ist oder ob Mrs. Allen
irgendwelche Probleme hat. Ich bin gleich wieder da und dann
repariere ich die Diele."
Verschlafen sehe ich ihm zu und nicke, er gibt mir einen
schnellen Kuss und geht. Ich lasse mich nach hinten fallen und
versuche wieder einzuschlafen.
Als Lucas zurück kommt bringt er Werkzeug mit,
„du willst die Diele wirklich reparieren?"
„Ja! Sie nervt mich!"
„Na dann bitte, tu dir keinen Zwang an."
Er lächelt und macht sich an die Arbeit. Nach etwa 20 Minuten
gepolter und Gehämmer höre ich seine rufe,
„Savannah, kommst du mal bitte schnell?"
Mit Verbandszeug bewaffnet laufe ich ins Schlafzimmer.
Lucas kniet auf dem Boden und schaut entsetzt in das Loch vor
ihm.
„Ich dachte ich löse die Diele und setze sie neu ein,"
immer noch starrt er in das Loch. Meine Neugierde lässt mich
ebenfalls herein schauen.
Vor Schreck lasse ich den Verbandskasten fallen, im Boden
unter der Diele, befindet sich sorgfältig in einen Beutel
verpackt eine Waffe. Daneben, ebenfalls sorgfältig verpackt,
die passende Munition.
„Weißt du wer vor dir hier gewohnt hat?" fragt mich Lucas als
er sieht wie ich erstarrt da stehe.

„Nein! Und selbst wenn, denkst du derjenige der die Waffe dort
deponiert hat, zieht aus und lässt sie liegen?"
„Möglich!? Kommt darauf an warum er ausziehen musste?"
Ich verstehe nicht was er damit meint und sehe ihn ratlos an,
„vielleicht wurde er verhaftet und die Polizei hat das Versteck
nie gefunden, oder er starb und niemand wusste davon."
Panik steigt in mir auf. Schnell schmeiße ich die Diele drauf
und befehle Lucas zu nageln.
„Ok ich nagle aber erst kümmere ich mich noch um die Diele"
grinst er mich an,
„wie kannst du jetzt nur an Sex denken, wenn wir gerade eine
Waffe gefunden haben?"
„Beruhige dich, süße, ich mache hier wieder zu und wir
vergessen die Waffe einfach. Wer weiß wie lange sie schon da
unten liegt," beruhigt er mich und schlägt die Nägel fest. Den
ganzen Tag über muss ich an die Waffe denken und wirke
leicht nervös. Jedes mal wenn ich ins Schlafzimmer laufe und
die Diele quietscht, zucke ich zusammen.
„Wir können auch zu mir gehen wenn dir das lieber ist?"
„Ja gute Idee! Sobald wir von deiner Mom zurück sind, dann
bleibe ich erst mal bei dir!"
„Heißt das du willst bei mir einziehen?"
Seine Augen funkeln mich an, ich habe noch nie darüber
nachgedacht, schließlich sind wir noch nicht so lange
zusammen.
„Ich äh, weiß, ähm, ich.." stammle ich vor mich hin.
„Schon gut," amüsiert sich Lucas,
„du hörst dich an wie damals als du ein Date wolltest und dich
nicht getraut hast zu fragen."
Oh Mann dieser Kerl macht mich fertig.
Am nächsten Morgen machen wir uns auf den Weg nach
Boston, Lucas´ Mom und seinen Bruder besuchen. Wir wollen

über Silvester/Neujahr bleiben. Es ist ganz schön kalt geworden und im Gegensatz zu Weihnachten in Texas mit milden Temperaturen, liegt in Boston Schnee. Alles glitzert in Weiß und Eiszapfen hängen an den Dachrinnen. Ich beobachte während der Taxifahrt wie Leute ihre Einfahrt frei schaufeln, oder Kinder eine Schneeballschlacht ausüben. Andere bauen Schneemänner oder machen einen Schneeengel. Herrlich.
Ich liebe Schnee.
Aus dem Augenwinkel heraus kann ich Lucas sehen wie er mich beobachtet. Er scheint glücklich zu sein, denn er ist nur am grinsen. Als wir anhalten und der Taxifahrer uns beim Gepäck hilft, höre ich ein rufen aus dem Haus kommen.
Lucas´ Grinsen wird größer als er sich umdrehte, aus dem Haus rennt ein junger Mann und fällt ihm um den Hals.
„Schön das du endlich da bist. Mom hat gesagt das du erst Silvester kommst, du hast mir Weihnachten echt gefehlt, ich musste mich alleine mit Tante Zelda herumstreiten."
Er sieht mich an,
„oh Wow, ist sie das etwa? Hallo ich bin Nick!"
„Das ist Nick mein kleiner Bruder," stellt Lucas uns nochmals vor,
„und ja das ist sie, Savannah meine Freundin,"
und strahlt über´s ganze Gesicht.
„Mom sagte du bringst deine Freundin mit, aber sie sagte nicht dass sie so Heiß ausschaut,"
ich werde Rot.
„Ja sie wird wissen warum sie diesen Teil nicht erwähnt hat, Nick."
„Mom muss noch arbeiten aber sie will pünktlich Schluss machen und bringt Pizza mit, du isst doch noch Pizza?"
„Warum sollte ich keine Pizza mehr essen?"
„Weiß nicht? Vielleicht weil Savannah keine Pizza mag, und du

deshalb keine essen darfst?"

Ich lausche ihrer Unterhaltung, aber das letztere ergibt keinen Sinn für mich.

Warum sollte ich ihm Pizza verbieten?

„Ich liebe Pizza!"

„Gut! Lucas nämlich auch! Und Fleisch!"

„Ja das weiß ich, am liebsten in einem Burger drin, mit ordentlich Käse drauf," stelle ich klar.

„Nick, sie ist nicht Sarah. Sie ist nicht mal ansatzweise wie Sarah!"

Hä?? jetzt versteh ich gar nichts mehr?

Ich folge den beiden in die Küche und tippe Nick auf die Schultern als er vor dem Kühlschrank stehen bleibt,

„wie war das denn gemeint?"

„Na Sarah war Vegetarierin, und daher mochte sie nicht das Lucas Fleisch aß, also verbot sie ihm Fleisch zu essen."

Ich schaue Lucas ungläubig an,

„er aß trotzdem Fleisch, heimlich eben,"

Nick muss lachen.

„Das war ein Spaß, er schlich heimlich zum Kühlschrank und aß das Fleisch versteckt im Bad, wie als Kinder wenn wir heimlich Schokolade stibitzten."

Ungläubig schüttle ich den Kopf,

„ich würde ihm so was nie verbieten, selbst wenn ich kein Fleisch essen würde."

„Ja wie er sagte du bist nicht wie Sarah, willst du einen Saft?"

„ÄH Nein, will sie nicht, Keine Säfte für sie, oder Obst! Kein Obst! Egal welches!" protestiert Lucas und nahm Nick den Saft aus der Hand.

„Bist du Allergisch? Entschuldige, das hat Mom mir nicht erzählt. Willst du dann ein Wasser?"

„Ja Wasser reicht Danke," sage ich und sehe fragend zu Lucas,

was sollte das jetzt? Kein Obst?
Wir sitzen gerade im Wohnzimmer und Lucas erzählt seinem
Bruder wie ich mich anstellte um ein Date zu bekommen, als
die Tür aufgeht,
„Hallo, seit ihr schon da?"
„Ja Mom sie sind im Wohnzimmer."
Lucas steht auf und geht seiner Mutter entgegen.
„Oh mein Schatz, du siehst so erfrischend aus. Das liegt sicher
an ihr, wo ist sie?"
Die beiden betreten das Wohnzimmer, ich werde nervös und
bekomme ganz schwitzige Hände.
„Das ist meine Mom Dana, Mom meine Savannah."
Dana nimmt mich sofort in den Arm und drückt mich als wäre
sie meine Mom.
„Schön das du mitgekommen bist Savannah, Lucas hat uns viel
von dir erzählt, habt ihr Hunger? Dann essen wir bevor die
Pizza kalt wird."
Sie richtet im Esszimmer an und stellt die Pizzen im Karton
dazu. Eine mit Salami, eine mit Meeresfrüchte, eine mit
Hähnchenfleisch, eine mit nur Käse und eine mit Schinken-
Ananas.
„Esst wonach euch ist."
Vor mir steht die mit Ananas-Schinken und Nick schiebt sie auf
die andere Seite.
„NÖ, nicht diese, da ist Obst drauf. Sie ist allergisch gegen
Obst."
„Oh Lucas das hättest du uns aber sagen können!"
Lucas weicht meinem fragenden Blick aus.
„Ja ähm, hab ich selbst erst Weihnachten herausgefunden."
Ich sehe ihn immer noch fragend an und esse ein Stück
Käsepizza.
Nach dem Essen sitzen wir in Lucas´ altem Zimmer dass zum

Gästezimmer umgewandelt wurde, jetzt kann er mir nicht mehr ausweichen.

„So, jetzt erklär mir mal, warum bin ich seit Weihnachten auf Obst allergisch?"

Lucas steht mit dem Rücken zu mir aber ich kann trotzdem erkennen das er zusammen zuckt.

„Weißt du," er dreht sich zu mir um,

„meine Mom ist etwas konservativ und hält nicht viel von wilder Ehe, also was den Sex angeht,"

„aber sie weiß das du keine Jungfrau mehr bist?"

„Ja sicher ich bin ja schon fast 30 Jahre."

„Und was hat das mit meiner Obst Allergie zu tun?"

„Na aus irgendeinem Grund verbindest du Obst mit mir, und dann bekommst du Lust auf Sex.. Kein Obst, kein Sex!"

Entsetzt sehe ich ihn an.

„Wie? kein Sex! Die ganze Zeit wo wir hier sind?"

„Hältst du das aus?"

Er scheint das echt ernst zu meinen,

„du bist doch derjenige der gleich an Sex denkt nur weil ich dich gebeten habe die Diele zu zu nageln."

Lucas schmunzelt,

„nein du hast gesagt -jetzt schnell nageln, los schnell nageln- nicht die Diele zu nageln,"

ich verdrehe die Augen,

„gut wie du willst, kein Sex bis wir wieder zu Hause sind."

„Danke!"

Danke mir nicht zu früh, kein Sex bis wir zu Hause sind? Das werden wir sehen!

„Ja mal sehen ob Du das überhaupt aushältst?"

Er lächelt mich an mit einem Blick als wüsste er was ich vorhabe.

Das wird ein Spaß.

Am nächsten Morgen sitzen wir alle beim Frühstück und überlegen was wir heute unternehmen können.

„Wir könnten an den Freedom Trail gehen?" schlägt Nick vor, „von dort aus können wir alle Sehenswürdigkeiten abklappern und Savannah Boston zeigen."

„Oh das ist eine gute Idee, ich packe uns etwas Proviant ein," freut sich Dana.

„Lucas du brauchst nicht so schwer zu atmen, schließlich kennt Savannah Boston nicht und dann ist dass genau das Richtige." Lucas scheint von dieser Idee nicht begeistert zu sein.

„Was ist der Freedom Trail?" frage ich,

„der Freedom Trail ist eine etwa 4 km lange Besichtigungs-Route die siebzehn historische Sehenswürdigkeiten verbindet. Der Weg ist mit einer durchgezogenen roten Linie auf dem Boden markiert und führt vom Boston Common im Stadtzentrum durch die Innenstadt, über den Charles River im Norden nach Charlestown und endet dort am Bunker Hill Monument. Die zu Fuß zurückzulegende Strecke ist eine beliebte Touristenattraktion und erlaubt einen schnellen Überblick über das historische Boston."

leiert er wie auswendig gelernt herunter. Nick muss lachen.

„Das kannst du immer noch auswendig?"

Dana schmiert bereits Butterbrote,

„ja und es war eine hervorragende Abschlussarbeit," verkündet sie stolz.

„Na dann auf zum Freedom Trail" lächle ich Lucas an.

„Hast du deine Wanderschuhe eingepackt?" gibt er zurück und ist leicht genervt.

„Jetzt sei nicht genervt, ich freue mich auf eine Boston Tour mit euch," versuche ich Lucas zu besänftigen und umarme ihn von hinten.

„Darf ich dich küssen?" flüstere ich ins Ohr,

„ich bitte darum" flüstert er zurück und zieht mich auf seinen Schoß.

Unsere Tour beginnt an einem wunderschönen Park mitten in Boston. Viele Kinder bauen Schneemänner oder haben sich eine Wall gebaut um sich vor eine Schneeballschlacht zu schützen. Im Sommer ist es hier bestimmt Traumhaft. Unser Weg führt uns über Die Park Street Church ein Kirchengebäude der örtlichen Conservative Congregational Christian Conference , über den Granary Burying Ground ein Friedhof neben Park Street Church. Hier ist z. B. Samuel Adams beerdigt, einer der Unterzeichner der Unabhängigkeitserklärung, aber auch die Opfer des Massakers von Boston.

Wir kommen an die Statue Benjamin Franklins und Standort der Boston Latin School als erste öffentliche Schule Amerikas. Nach vielen weiteren Sehenswürdigkeiten kommen wir am Bunker Hill Monument an, das an eine wichtige Schlacht zu Beginn des Unabhängigkeitskrieges erinnert. Ich bin total überwältigt von soviel Geschichte, die sich in Boston ereignete. Total erschöpft lasse ich mich auf eine Parkbank fallen und esse erst mal ein Butterbrot.

„Na? Weißt du jetzt warum ich diese Tour nicht gerne laufe?" Lucas sieht immer noch genervt aus, aber auch zufrieden weil es mir sichtlich gefällt.

„Als Kinder in der Schule war das ein beliebter Schulausflug, ich hasste es!"

Er nimmt sich auch ein Brot und setzt sich zu mir.

„Und heute Abend gehen wir in die Karaoke Bar, Cindy freut sich schon dich zu sehen," gibt Nick euphorisch von sich.

An Lucas´ bösem Blick in Richtung seines Bruders gehe ich davon aus das er auf Karaoke wohl auch nicht wirklich Lust hat. Nick lächelt zufrieden.

„Wer ist Cindy?" will ich neugierig wissen. Beide Jungs schauen sich an als würden sie überlegen was sie antworten sollten.

„Cindy war das erste Mädchen das Lucas nach Hause brachte. Schreckliche Person. Ich mochte sie gar nicht. Ich wusste nicht das ihr noch Kontakt habt? Das sie heute in einer Bar arbeitet, wundert mich nicht," erklärt mir Dana.

Verlegen schaut Lucas mich an.

„Also war Cindy deine Erste?"

Jetzt ist er noch verlegener und sieht zu seiner Mom herüber, die in der Tasche herum wühlt.

„Oh ich bin mir sicher das sie das war!" antwortet sie mir, „die Musik war schließlich immer laut genug, so eine halbe Stunde lang."

Dana sieht auf und blickt zu Lucas der sie grinsend ansieht.

Zu Hause angekommen muss ich erst mal duschen gehen, „willst du mit?" frage ich provozierend und fange an mich auszuziehen. Splitternackt stehe ich vor Lucas, der mich lüstern ansieht, langsam gehe ich auf ihn zu und öffne seine Hose, berühre seinen Penis, er schließt die Augen und atmet tief durch. Ich küsse seinen Hals, als es an der Tür klopft, „noch mal Glück gehabt, Honey!" flüstere ich in sein Ohr, ziehe mir meinen Bademantel über und öffne die Tür.

„Entschuldige bitte,"

es ist Nick, ich lasse ihn herein,

„ich wollte nur sagen das ich einen Tisch in der Bar auf 21 Uhr bestellt habe, störe ich gerade?"

Lucas sitzt auf dem Bett und versucht seine Erektion unter einem Kissen zu verstecken.

„Nein du störst nicht, ich wollte gerade duschen gehen," winke ich den beiden zu und verlasse das Zimmer. Nick sieht Lucas mit einem grinsen im Gesicht an, als wüsste er was passiert war.

„Ich weiß was du vor hast, Savannah,"
als ich aus dem Bad zurück komme, steht Lucas an der Wand
angelehnt, als hätte er gewartet bis ich zurück komme.

„Was meinst du denn?" tue ich unschuldig und richte mir
meine Kleider für den Abend.

„Kein Obst! Kein Sex! Sagt dir das noch was?"

„Ja doch! Ich esse ja kein Obst! Und hatte auch keinen Sex!"
sehe ich ihn lachend an,

„Du versuchst mich zu Verführen?"

„Ich doch nicht! Wie kommst du den darauf?"
Immer noch mache ich auf unschuldig und öffne meinen
Bademantel. Wieder muss Lucas tief durchatmen.
Mein Plan funktioniert, ist gar nicht so schwer wie ich dachte.
Kopfschüttelnd schließt Lucas meinen Mantel und verlässt das
Zimmer.

Dana kommt nicht mit in die Bar, sie meinte wir jungen Leute
könnten ruhig etwas feiern gehen, und sie schaut sich einen
Film an und geht früh schlafen.
Gut dann kann ich meinen Plan fortsetzten.
Ich sitze mit Lucas hinten im Taxi und Nick erzählt mir wie die
beiden früher immer die Clubs aufgemischt hatten. Während er
erzählt, lasse ich meine Hand auf Lucas´ Schenkel nach oben
wandern, er sieht mich kritisch an. Ich greife ihm zwischen die
Beine und Lucas zuckt zusammen. Langsam versuche ich seine
Hose zu öffnen als er mich aufhält. Zufrieden schaue ich aus
dem Fenster. Die Art und weiße wie Lucas versucht zu Atmen,
lässt mich wissen das er es nicht mehr lange aushalten kann.
Als wir in der Bar ankommen, steht eine Frau mit knall pinken
Haaren hinter der Theke und winkt uns aufgeregt zu,

„Cindyyyy," ruft Nick freudig.

Ok das ist also die Frau die Lucas entjungfert hat.
„Heeeyy sieh mal wen ich mitgebracht habe?“
„Hallo Lucas“, sagt Cindy mit einer gewissen Erotik in der Stimme,
„du siehst wie immer lecker aus,“
und lutscht an einer Scheibe Zitrone.
„Hallo Cindy, und du hast dich kein bisschen verändert, das ist Savannah meine Freundin,“
betont er als wolle er sicher gehen das Cindy es auch verstanden hat.
„Hallo Schätzchen,“ mustert sie mich,
„wollt ihr was trinken?“
„Ja ich,“ schießt es aus mir heraus,
„einen Caipirinha, aber mit Wodka statt mit Rum bitte.“
„MMHH gleich die harten Sachen, sehr schön gefällt mir, Schätzchen.“
Wir nehmen unsere Getränke und setzen uns an den reservierten Tisch. Gerade als ich die Karaokekarte studiere, höre ich Cindy durch das Mikrofon.
„Na Lucas, Lust zu singen? Ich hab dein Lied herausgesucht!“
„Du kannst singen?“ frage ich verdutzt, die ganze Bar ruft nach ihm, LUCAS, LUCAS, LUCAS.
Als er endlich aufsteht und auf der Bühne steht, fangen sie an zu applaudieren. Cindy startet die Musikbox und
If You Believe von Sasha ertönt, Lucas fängt an zu singen:

> *I know it's not a game to play*
> *your eyes they show no fear*
> *I bum inside and can not wait to be*

Wie Recht du hast denke ich,

> *The man that feels your body close*

131

is here to set you free
to hold you near and satisfy your needs

ja bitte

You shiver as I touch your neck
slowly close your eyes
I cant resist you even if I try
We both surrender to the touch
as we lay there side by side
and everything around us disappears

Will ich ja aber du lässt mich nicht

If you believe in love tonight
I'm gonna show you one more time
If you believe then let it out
No need to worry there's no doubt
If you believe, if you believe
If you believe then let it out

ich glaube ja daran

Das ganze Lied über sieht er mich dabei an, ich merke wie
warm mir wird und Nick mich beobachtet.
„Danke Lucas, Danke, und nein, er singt es nicht mehr für
Mich!"
Ein lautes *OHHHH* raunt durch den Raum.
„Ja ja die Zeiten sind schon laaange vorbei. Heute singt er es
für seine Flamme Savannah, Savannah-Schätzchen steh mal
auf und winke," fordert sie mich auf.
Peinlich berührt stehe ich auf als der Scheinwerfer mich
anleuchtet. Die Meute pfeift. Ich winke, und als Lucas mich
küsst, geht das pfeifen in lautes Jubeln über.

Nach zwei Caipirinha und einem Cocktail bin ich schon leicht angedusselt als Cindy mit einer Flasche Tequila und vier Gläser an den Tisch kommt,
„ich habe jetzt Feierabend und nun beginnt der Spaß,"
fuchtelt sie mit der Flasche vor unseren Gesichtern und setzt sich neben mich.
Sie schenkt mir ein Glas ein und schiebt es rüber.
„Weist du wie man Tequila richtig trinkt, Schätzchen?"
Leider muss ich zugeben dass ich noch nie Tequila getrunken habe.
„Erst befeuchtest du deinen Handrücken, dann etwas Salz drauf, nimmst eine Zitronenscheibe in die Hand, dann leckst du das Salz," macht sie es vor,
„dann trinken, und zum Schluss beißt du in die Zitrone,"
mache ich ihr nach. Der Tequila brennt mir den Hals herunter,
„Puuhh, Ahh...!"
Cindy lacht und schenkt wieder nach, diesmal alle Gläser.
„Lecken, Schlucken, Beißen...," gibt sie mir zu verstehen und hat auch schon wieder ein Glas leer.
„Kapiert?" sieht sie mich fragend an.
„Ja! Salz drauf," ich benutze Lucas' Hand,
„Dann Lecken," ich lutsche an seinem Daumen,
„dann Schlucken, und zum Schluss die Zitrone,"
beiße in die Zitrone und sehe Lucas dabei in die Augen.
„Ich denke sie hat es verstanden," scherzt Cindy.
Die Flasche ist schon fast leer, als ich anfange das Salz nicht auf den Handrücken sondern auf Lucas' Hals zu träufeln. Ich lecke ihm über den Hals, trinke meinen Tequila und lutsche lustvoll an meiner Zitrone.
„Ich denke du hast genug, süße!" ermahnt er mich.
„Einer noch für jeden dann ist die Flasche leer," gibt Cindy zu verstehen und schenkt ein.

Wieder benutze ich seinen Hals für das Salz, nur das ich diesmal etwas länger brauche um das Salz abzulecken.

„Ähm du musst trinken!" versucht er mich zu unterbrechen. Genüsslich trinke ich meinen Tequila und lutsche die Zitrone so erotisch wie ich nur kann.

„Und jetzt muss ich mal auf die Toilette," sage ich und kneife Lucas zwischen die Beine bevor ich aufstehe. Ich kann seine Blicke auf meinem Rücken spüren.

„Geht´s noch gut, Savannah?"

Lucas passt mich vor der Toilette ab,

„ja bestens warum?"

Ich ziehe ihn zu mir und küsse ihn. Leidenschaftlich, lange, intensiv. Dabei wird mir ganz Heiß und ich hatte noch nie mehr Lust auf ihn als in diesem Moment. Er berührt meinen Busen über meiner Bluse, küsst meinen Hals und flüstert ins Ohr,

„ich kann das auch, Savannah!" dreht sich um und lässt mich stehen.

AAAAHHHH

„Na, alles gut?" Cindy steht grinsend vor mir,

„nein ich denke nicht, ich brauche jetzt Sex! Und er hat diese -kein Sex solange wir bei meiner Mutter sind- Regel aufgestellt."

Cindy muss laut lachen,

„Oh man das macht er immer noch? Dann musst du ihn einfach Geil machen, bis er Schwach wird!"

„Habe ich versucht, aber es ist doch nicht so leicht wie ich dachte."

„Ach deshalb hast du an seinem Hals herum gelutscht? Das war schon nicht schlecht, aber er steht darauf wenn du aus allem etwas erotisches machst, also wenn du das nächste mal eine Banane isst, dann stell dir vor du bläst ihm einen, und genau so isst du die Banane. Oder ein Eis, Eiswürfel, sogar mit

Püree kann es funktionieren wenn du es richtig machst,"
gibt sie mir als Tipps.
„Danke," strahle ich,
„das werde ich versuchen."

Am Silvesterabend gibt es eine kleine Feier mit Büfett und es
kommen ein paar Freunde der Familie.
„Cindy lässt dich grüßen, ich soll dir sagen du sollst immer
dran denken was sie dir gesagt hat," richtet Nick mir aus.
„Was hat sie denn gesagt?" will Lucas neugierig wissen,
„ach nichts wichtiges," gebe ich zur Antwort und lutsche
langsam an einem Schrimp. Das Lächeln von Lucas lässt
erahnen das er es bereits weiß. Den ganzen Abend über lutsche
ich an Schrimps, Karottensticks, Salzstangen oder lecke
langsam meine Finger ab wobei mich Lucas nervös beobachtet.
Doch bisher hat er noch nicht angebissen. Ich gönne meiner
Erotik eine kleine Pause und will was richtiges essen. Am
Büfett bei den Getränken stehen Nick und Lucas und
unterhalten sich als Nick plötzlich anfängt zu lachen und sich
den Bauch hält.
„Was ist so witzig das du Tränen lachen musst?"
Nick sieht mich an und geht lachend davon,
„willst du auch *Ficken*, Süße?" fragt Lucas und sieht mich
erwartungsvoll an,
„ja will ich!" gebe ich zurück und stelle meinen Teller ab.
„Ich meine den Likör, Savannah!" enttäuscht stopfe ich mir ein
Softbrötchen im ganzen in den Mund, nehme meinen Teller
und gehe.
„Was hat Nick so zum Lachen gebracht?" will ich von Lucas
wissen als er sich zu mir setzt,
„ich habe ihm erzählt was es mit deiner angeblichen
Obstallergie auf sich hat und warum du die ganze Zeit so

komisch an den Salzstangen herum lutscht."

„Du hast mich also durchschaut, was?"

Ohne Worte lächelt er mich mit seinem Welpe-Blick an.

„Weist du, es ist nicht leicht dir zu widerstehen, schon gar nicht wenn du mich so ansiehst."

„Wie sehe ich dich denn an?" will Lucas wissen und knabbert an einem Käsestick. Er sieht mich immer noch so an, so das es mir eiskalt den Rücken herunter läuft, mir total schwindelig wird, im Magen ein Gefühl entsteht, das kribbelt bis in die Fußsohlen, meine Fantasie in höchsten Töne beflügelt, mir Heiß und Kalt wird zur gleichen Zeit.

„Na so wie jetzt," versuche ich mir nichts anmerken zu lassen. Diesmal ist es Lucas der erotisch an der Käsestange lutscht und es sprudelt aus mir heraus,

„ich muss immer an Sex denken wenn ich dich sehe, jede Berührung die du tätigst, jede Bewegung die du machst, jeden Schritt den du läufst, jedes Wort das du sagst, jeden Blick den du mir zu wirfst, lässt meinen Körper in Extase geraten. Wenn du vor mir stehst, mit deinem makellosen Körper, an dem sich jeder Muskel abzeichnet, deinen blauen Augen die heller strahlen als jeder Saphir, du dir Verlegen durch die Haare streichst, denke ich daran wie du duftest, wie weich deine Lippen sind, dich zu küssen, deine Hände an meiner nackten Haut, dein Atem auf meinem Hals, dein Penis in mir. Wie du in mich eindringst und ich jede Faser meines Körpers spüre und die Kontrolle verliere."

Jetzt bin ich diejenige die erregt ist, großartig!

Er sieht mich immer noch so an, nur das etwas Verlegenheit im Blick mit dabei ist und sein lächeln größer wurde.

„Ich wusste nicht das du so für mich empfindest, Savannah,"

„jetzt weist du es, und wenn du mich jetzt entschuldigen würdest, ich muss duschen gehen, Kalt duschen gehen," stehe auf und lasse Lucas zurück. Im Augenwinkel erkenne ich allerdings dass seine Hose leicht ausgebeult ist.

Es ist gleich Mitternacht und alle versammeln sich im Garten für das Feuerwerk. Mir ist Kalt und Lucas wärmt mich in dem er mich von Hinten umarmt. Der Countdown läuft...
5,4,3,2,1 Happy New Year...
Das Feuerwerk beginnt und es fängt an zu schneien, aufgeregt schau ich nach oben.
„Happy New Year, süße, Ich liebe dich!" flüstert mir Lucas ins Ohr.
Überrascht drehe ich mich zu ihm um und er sieht mich erwartungsvoll an,
„Was hast du gesagt?"
Der Kuss den er mir gibt, schlägt alle bisherigen um Längen, mir bleibt der Atem weg, und alles dreht sich um mich.

„Wow, das war ja ein tolles Wochenende! Und er hat es echt durchgezogen? Kein Sex im Haus seiner Mutter? Nicht mal nach dem Feuerwerk?"
Riley und ich sitzen bei ihr zu Hause und tauschen unsere Silvestergeschichten aus.
„Also Sam und ich hatten tierisch guten Sex in der Neujahrsnacht!" grinst sie mich zufrieden an.
„Ja das kann ich mir wirklich vorstellen. Will ich aber nicht."
„Und ihr hattet noch keinen Sex im neuen Jahr?" ungläubig, verwirrt sieht sie mich an.
„Oh, Doch! Wir waren noch nicht richtig die Tür drin da zerrte er mich an sich, zog mir meine Sachen aus, drückte mich gegen die Wand, und fickte mich, als hätte er seit Jahren keine Frau mehr gesehen."
Immer noch fühle ich eine gewisse Erregung bei diesem

Gedanken daran.

„So und jetzt muss ich nach Hause, ich muss ein Paar Sachen zusammen packen, weil ich ein paar Nächte zu Lucas gehe."

„Ach ein paar Nächte? Ja?" versucht sie mich aufzuziehen.

Ich habe ihr natürlich nichts von unserem Fund unter der Diele erzählt.

Als ich zu Hause ankomme ist Lucas bereits da und steht vor dem Flamingovorhang,

„Hi Honey, ist alles ok bei dir? Was machst du da?"

„Ich frage Alex um Erlaubnis," murmelt er vor sich hin.

„Du tust was?"

Lucas dreht sich zu mir um,

„ich frage Alex um Erlaubnis,"

„wofür fragst du um Erlaubnis?"

Jetzt verstehe ich gar nichts mehr.

In seiner Hand hält er eine Kleine Schachtel, als er sie öffnet und vor mir auf die Knie geht, quietsche ich leise auf.

„Ich habe ihn gefragt ob er was dagegen hätte wenn ich dich heirate, und deshalb frage ich dich jetzt, willst du mich Heiraten?"

Voller Freude falle ich ihm um den Hals,

„ja will ich, ich will.."

Er steckt mir den Ring an den Finger, es ist ein Saphir-blauer Diamant der mit seinen Augen um die Wette strahlt.

Glücklich und aufgeregt stehe ich vor den Vorhängen und schließe die Augen..

Hallo Alex.. Ich bin so glücklich Alex, alles passt zur Zeit, ich werde Heiraten Alex, aber das weißt du sicher schon, alles ist perfekt, zumindest so perfekt wie es ohne dich sein kann, ich werde dich nie vergessen, Alex..

Kapitel 10

In der darauf folgenden Nacht hatte ich einen verrückten Traum, ich träumte von der Hochzeit, wie ich den Gang entlang laufe, alle unsere Freunde und Verwanden sind anwesend, ich trage ein Weises Hochzeitskleid mit einem langem Schleier vor dem Gesicht. Als ich am Altar ankomme und Lucas meinen Schleier hebt, fange ich an zu schreien, sein Gesicht ist blutüberströmt und er trägt ein riesiges Loch am Kopf, ich drehe mich zu den Gästen um und schreie um Hilfe! Doch alle bleiben sitzen, schauen mich an und weinen. Sind in Schwarz gekleidet wie auf einer Beerdigung. Ich sehe an mir herunter und trage kein Brautkleid mehr, sondern ein schwarzes Kostüm. Als ich mich wieder zu Lucas umdrehe, ist er nicht mehr da, stattdessen steht dort ein Sarg, ich sehe hinein, muss erneut schreien, doch es ist nicht Lucas der dort liegt, es ist Alex. Alex der im Sarg sitzt und die Hand nach mir ausstreckt. Ich bekomme einen Nervenzusammenbruch und sacke in mich zusammen als ich lautes Lachen wahrnehme. Ich sehe auf und alle sind verschwunden, bin nicht mehr in der Kirche, befinde mich in einem leeren Raum, vor mir steht Libby
Kleine Prinzessin in ihrer verkorksten Welt ..
lacht sie mich aus.
Alles wird sich ändern doch nichts bleibt für die Ewigkeit.
Jung und Unschuldig willst du sein, doch das bist du nicht..
Du bist der Tod.. Du bist das Ende vom Leben..
Ihr lachen hallt durch den Raum und sie küsst jemanden. Ich gehe auf sie zu, fange wieder an zu schreien, sie küsst Lucas, aus seinem Loch im Kopf krabbeln kleine Käfer,
komm raus, komm raus, wo immer du bist,
lacht Libby weiter als hinter ihr Alex erscheint und sie ebenfalls küsst. Schreiend renne ich auf sie zu *NEEIIIIN !!*

Doch alle verschwinden einfach und ich stehe alleine in einem Raum ohne Tür. Ich suche nach einem Ausgang als plötzlich wie durch Zauberhand ein Schriftzug auf der Wand erscheint

Willkommen in der Hölle Savannah..

Schweißgebadet wache ich auf, hellwach und voller Panik drehe ich mich zu Lucas um, er schläft und hat nichts mitbekommen. Was hat dieser Traum nur zu bedeuten?
„Du bist einfach nur nervös, Vanni, das ist dein Gewissen das mit dir spricht, weil du Alex ewige Liebe geschworen hast und jetzt Lucas heiraten willst. Glaub mir es heißt bestimmt nichts schlechtes,"
versucht mich Sam zu beruhigen, der gleich nach meinem Anruf und der Nachricht über meine Verlobung beschloss noch dem Rest der Winterferien bei Riley und mir zu verbringen.
„Ja du hast sicher Recht, ich bin einfach nur aufgeregt."
Wir haben uns entschieden im Sommer zu heiraten, so sehr ich den Schnee lieben gelernt habe, ist mir eine Hochzeit bei warmen Temperaturen doch lieber.

Am Mittag treffen wir uns alle zum Softball spielen. Tom und Amanda, Riley und Sam, Lucas und ich. Der Schnee ist soweit geschmolzen dass wir das Spielfeld gut erkennen können. Wir spielen Frauen gegen Männer und liegen nur knapp hinter den Jungs. Riley und Amanda sind auf dem Feld, und ich mache mich warm in dem ich den Schläger in der Luft schwinge.
„Du hältst den Schläger falsch," ermahnt mich Lucas, „musst weiter oben halten," und zeigt mir wie ich es richtig mache.
„Beine weiter auseinander."
Ich folge seinen Anweisungen und schwinge schon wesentlich

besser. Gerade als Tom mich zum Wechsel ruft, hole nochmal
kräftig aus als ich einen Widerstand spüre,
ich habe irgendwas getroffen.
Lucas liegt bewusstlos am Boden und bekommt eine Beule am
Kopf. Wie angewurzelt stehe ich da und starre ihn an, als Sam
und Tom auf ihn zu stürmen.
Bitte nicht, bitte nicht Tod sein.
Langsam kommt er wieder zu sich und hält sich den Kopf.
„Aua ich fühle mich als hätte mich ein Schläger getroffen,"
ich knie mich neben ihn und schwöre das es keine Absicht war.
„Wenn er schon wieder Witze reist, dann kann es ja nicht so
schlimm sein," scherzt Tom und hilft ihm auf.
Lucas schwankt noch etwas, gibt uns zu verstehen das ihm
schwindelig ist.
„Du hast bestimmt eine Gehirnerschütterung!" stellt Amanda
fest,
„nein geht schon wieder, ich kann nur nicht mehr spielen und
bleibe einfach hier sitzen."
Die Beule wird immer dicker und ich baue eine Schneekugel
damit ich sie kühlen kann. Während den nächsten Tagen klagt
Lucas ständig über leichten Kopfschmerzen, weigert sich aber
zum Arzt zu gehen.
„Das ist nur die Beule die noch weh tut," verteidigt er sich.

Als die Schule wieder los geht und wir Lehrer uns im
Pausenraum treffen fällt Libby sofort mein Ring auf.
„Jetzt sag bloß ihr seit verlobt?"
Jja das sind wir seit Anfang des Jahres!" verkünde ich Stolz.
„War das Freiwillig oder hast du nachgeholfen?" lacht sie und
zeigt auf Lucas´ Beule.
Bei ihrem Lachen läuft es mir eiskalt den Rücken herunter.
Lucas fühlt sich nicht besonders Wohl und geht früher nach

Hause. Da ich länger in der Schule bleiben muss um einige Kunstprojekte vorzubereiten, bitte ich Riley mal nach ihm zu sehen.

„Ja klar, ich schaue nach ihm bevor ich Sam zum Flugplatz bringe."

Total in meine Arbeit vertieft, merke ich gar nicht das Riley wieder vor mir steht,

„Oh Hi, Was ist los?"

Ihr Gesichtsausdruck ist voller Panik und sie hat geweint,

oh nein, Sam hat doch nicht etwa Schluss gemacht?

„Bitte Savannah, du musst mit kommen, wir haben Lucas bewusstlos auf dem Boden gefunden, ein Krankenwagen hat ihn mitgenommen, Sam ist mitgefahren und ich wollte dich holen!"

Jetzt steigt auch in mir die Panik auf und ich muss gleich heulen. Wir fahren ins Krankenhaus und sie erzählt mir das die Sanitäter meinten er hätte schwachen Puls und das sie ihn in die Klinik bringen. Ich höre ihre Stimme nur gedämmt, wie wenn man Watte im Ohr hat. Wir rennen den Gang der Notaufnahme entlang, als ich Sam mit einem Arzt sprechen sehe.

„Was ist los? Was hat er gesagt? Kann ich zu ihm?"

Sam sieht mich an, mit diesem Blick wo er mich damals angesehen hat, damals als er mit dem Polizisten im Wohnzimmer stand, und mir sagte das Alex Tod ist.

„Tut mir leid Vanni,"

wieder ist es Sam der mir sagt das es ihm leid tut, ich sehe den Arzt an,

„was meint er damit, tut mir leid?"

„Ich muss ihnen leider mitteilen dass Mr. Daniels an den Folgen eines starken Schädel-Hirn-Trauma, auf Grund eines geplatzten Aneurysma, ausgelöst durch stumpfe

Gewalteinwirkung, verstorben ist. Wir konnten nichts mehr für ihn tun. Als er hier ankam, war er bereits Hirntod."
Ich sacke zusammen,
Hirntod? Stumpfe Gewalteinwirkung?
"Wie ein Schlag auf den Kopf?" frage ich den Arzt,
"die stumpfe Gewalteinwirkung? Ein Schlag auf den Kopf?"
"Ja das wäre möglich," gab er zu verstehen und lässt uns alleine.
"ICH HAB IHN GETÖTET, SAM ICH HAB LUCAS GETÖTET.."
schreie ich durch das Krankenhaus und bekomme einen Heulkrampf. Sacke in mich zusammen und werde Ohnmächtig.
Als ich wieder zu mir komme, liege ich auf einer Liege und Sam steht neben mir.
"Sie haben dir was zur Beruhigung gegeben, Vanni. Riley ist gerade draußen und spricht mit dem Arzt wegen seinem.."
Sam stockt und schluckt schwer.
"Seinem was?" frage ich ausdruckslos,
"seinem Leichnam. Ich hab gesagt du bist seine Verlobte, und wirst dich um alles kümmern."
Ich fange wieder an zu weinen,
"ich kann das nicht Sam, nicht schon wieder," kralle mich am Kissen fest.
Ich muss seine Mutter anrufen,
wie ein Roboter stehe ich auf und verlasse die Klinik, Riley und Sam rennen mir hinterher.
Ich spüre nichts, keine Wut, keine Trauer, kein Schmerz, nichts, noch nicht...!

Lucas soll in Boston beerdigt werden. Wieder sitze ich also im Flieger Richtung Boston, wieder werde ich seine Mom sehen, seinen Bruder, Cindy und all die anderen die er mir vorstellte, wieder werden alle mir ihr Beileid aussprechen. Wieder habe ich die Liebe meines Lebens verloren. Ich schaue aus dem Fenster und schließe die Augen..

Hallo Alex..warum hast du das zugelassen? Warum muss ich solch ein Schmerz ein zweites mal durchstehen? Ist er bei dir? Ist Lucas bei dir angekommen? Hallo Lucas.. Ich liebe euch beide, ihr fehlt mir so...!

Wieder fange ich an zu weinen.

Ich stehe alleine vor seinem Grab und schaue in das Loch vor mir, in dem sein Sarg liegt der von Erde bedeckt ist, jeder Trauergast warf eine Schaufel Erde hinein um sich zu verabschieden, bevor sie zu Dana, Nick und mir kamen um ihr Beileid zu verkünden. Am liebsten würde ich mich ebenfalls hinein fallen lassen, vor meinen Augen spielt sich ein Film ab, wie ich ihn das erste mal sah, er sich mir vorstellte, ich sehe sein Lachen vor mir, seinen Welpe-blick, wie er mich anschaut, sich verlegen durch das Haar streicht, wie er vor mir steht und ich seinen Atem auf meinem Hals fühle, wie er meine Hand hält, meinen Körper streichelt, höre seine Stimme,

Ich liebe dich Savannah

und fange an zu schreien so laut ich kann wobei ich mich auf die Knie fallen lasse. Verheult liege ich neben seinem Grab als es anfängt zu regnen, ich sehe nach oben und lasse den Regen auf mein Gesicht fallen. Stelle mir vor wie ich mit ihm im Schnee lag nach unserem ersten Date und wir die Schneeflocken beobachteten, erneut fange ich an zu schreien so Laut ich kann.

AAAAAAAAAAAHHHHHHHHHHHHHHH

„Ja Savannah-Schätzchen, lass es raus, es wird dir helfen." Cindy steht vor mir, ihre Pinken Haare sind Schwarz gefärbt, und ihr sonst so strahlendes Wesen wie ich es kennengelernt habe, ist erloschen. Sie drückt mir einen kleinen Flachmann in die Hand.

„Er hat dich sehr geliebt, Savannah, das habe ich von Nick gehört. Und ich freute mich für ihn. Auch über eure Hochzeit und es tut mir so wahnsinnig leid das es nicht dazu kam."

Ich trinke einen großen Schluck und lasse mich in ihre Arme fallen.

Am Nächsten Tag fliege ich nach Texas bleibe aber nur eine Nacht, wollte meine Mom sehen, meinen Dad, Cybill und Bob. Sie wissen nicht genau wie sie mit mir umgehen sollen, also lassen sie mich in Ruhe genau wie damals bei Alex. Vor meiner Abreise stehe ich am Grab von Alex und lege ihm eine Rose auf den Stein..

Hallo Alex, ich war lange nicht mehr hier um dir eine Rose zu bringen. Ich bin Tod Alex, innerlich bin ich Tod. Nur noch eine wandelte Hülle, alles begann mit deinem Tod und endet mit seinem Tod. Überall nur Tod.. ich bin der Tod, Alex..

Zu Hause in Atlanta muss ich alles nochmal durchstehen, denn die Juniorhigh will eine Gedenkfeier für Lucas veranstalten. Also sitze ich mit meiner leeren Hülle die man Körper nennt im Pausenraum der Schüler und höre mir an was die Kinder zu sagen haben.

„Mr. Daniels war der beste Lehrer den wir hatten, immer für uns da, und auch der bestaussehende den die Schule je hatte."

Ja ein Sahneschnittchen, muss ich schmunzeln.

Riley, Tom und sogar Libby versuchen mir die Kraft zu geben das durchzustehen. Nach der Trauerfeier teilt mir Mr. Porter mit dass ich erst mal zuhause bleiben könne. Genau das sagte man mir auch nach Alex´s Tod, ich kam nie wieder zurück. Riley versucht mich aufzuheitern, was ihr nicht wirklich gelingt. Selbst Libby ist trotz ihrer eigenen Trauer sehr freundlich zu mir.

„Lasst mich einfach, Libby hatte recht, nichts bleibt für die Ewigkeit, ich bin der Tod.."

„Wann soll ich das gesagt haben?" sie wirkt irritiert.

„In meinem Traum Libby, in meinem Traum sagtest du ich bin der Tod..! und du hattest Recht, denn ich habe Lucas getötet." Libby sieht mich entsetzt an, ich stehe auf und fahre nach Hause.

Auf dem Bett liegt noch sein Shirt und ich atme seinen Geruch ein, so vertraut, so lieblich, so voll Erinnerung, als der Schmerz zurückkommt und die Trauer mich überwältigt.

Ich stehe vor dem Spiegel und schaue in ein Gesicht das meins sein soll. Doch diese Frau bin ich nicht. Diese Frau im Spiegel ist ein Todesengel, diese Frau im Spiegel bringt den Tod mit sich. Diese Frau darfst du nicht lieben, diese Frau wird dich TÖTEN...

Ich stehe vor dem Spiegel, halte mir eine Waffe an den Kopf und schließe meine Augen...

H a l l o   A l e x . . .   !